新文京開發出版股份有限公司

新世紀 · 新視野 · 新文京 ─ 精選教科書 · 考試用書 · 專業參考書

第 **3** 版

食品科技英文

TECHNICAL ENGLISH in FOOD SCIENCE

曾道一．賈宜琛◎編著

Third Edition

　　筆者等曾經也是食品相關系科的畢業生，在求學、求職及任教的過程中，常與艱深難懂的食品專業用語奮戰，又不易尋獲淺顯易懂的入門書籍，需查閱多種專業辭典，仔細推敲原文，才推知其含意。想當然爾，今日學子對於食品專業外語的學習，更迫切需要有一本難易適中、條理分明，易於研讀的工具書在手，以達事半功倍之效。此次改版除修改內文疏誤外，便是秉持著如此的信念而編寫付梓。

　　由於地球村的來臨，在全球化、國際化、資訊化的趨勢下，外語能力在國內受到相當的重視，而在每個專業的領域裡，如何提升自我的外語能力更是重要，本書即提供食品領域裡相關專業的基本單字、文章導讀、科學性文章的寫作及專題討論的準備加以說明，另將實務應用的觀念與各方面有關聯的事項，亦略予述及，以深入淺出的方式，讓學生能容易理解並加強食品相關外語學習。此次改版進行資料補充，本書若有不完備之處，至祈諸賢達予以指正，期能逐漸補正，使成完璧而能使讀者滿意。

曾道一、賈宜琛　合序

目 錄
CONTENTS

CHAPTER **1**

Technical English in Food Science

食品標示原則

1-1　食品標示原則

1-1　食品標示原則

食品標示的原則及舉例如下：

1. 商標(Label)：即代表該公司的標誌。

2. 品名(Item)：如蘋果醋。

3. 型態或大小(Style or size)：如瓶裝。

4. 使用原料(Ingredients or contains)：如蘋果汁。

5. 內容量或固形量(Net weight or drained weight)：如 600mL。

6. 製造者或販賣者(Packed by, manufactured by or distributed by)：如××股份有限公司。

7. 製造日期(Manufactured date)：92. 1. 30。

8. 保存期限(Expiry date, expiration, expiration date or shelf life)：如三年。

9. 注意事項(Caution)：如放置略久會有蛋白質沉澱，與品質無關，敬請安心食用。

10.營養標示(Nutritional information)：如下表。

蛋白質	0.45 公克
脂肪	0.0 公克
碳水化合物	0.86 公克
鈉	180.0 毫克
熱量	15.0 大卡

作業
範例

Chapter 1

食品標示原則

班級：＿＿＿＿＿＿＿系(科)＿＿＿年＿＿＿班＿＿＿號
姓名：＿＿＿＿＿＿＿繳交日期：＿＿＿年＿＿月＿＿日

範例一

CHEN JO WEI is selected from fresh cuttlefish as materials refined by latest technique to be dry snack and is the best partner for residing , traveling , wine and tea drinking .

_____
_____
_____

Ingredients：

Fresh cuttlefish_____

wheat flour_____

maize flour_____

refined sugar_____

fine salt_____

refined plant oil_____

food color yellow No .5. _____

Weight：60gm±5gm

Expiration：6 months

Packed by HWA YUAN FOODS CO., LTD.

392, Chi-Li 2nd St. Kwan-Lien Industrial Area Taichung Port, Taiwan.

（引用來源：華元食品股份有限公司出品）

範例二

品名：○○○洋芋片

Ingredients：

1. Dried potato

2. Vegetable oil (contain one or more of the following); (corn oil, cottonseed oil, and / or peanut oil)

3. Potato starch

4. Maltodextrin

5. Butter milk

6. Salt

7. Syrup sugar

8. Sour cream solid

9. Maltose

10. Partially hydrogenated soybean oil

11. Monosodium glutamate

12. Corn syrup solid

13. Cheddar cheese

14. Natural and artificial flavor_____

15. Onion powder_____

16. Sweet cream_____

17. Whey_____

18. Modified corn starch_____

19. Nonfat milk_____

20. Citric acid_____

21. Garlic powder_____

22. Sodium caseinate_____

23. Blue cheese_____

24. Mono-and-diglyceride_____

25. Lactic acid_____

26. Hydrolyzed vegetable protein_____

27. Disodium guanylate_____

28. Yellow 4_____

29. Yellow 5_____

30. Carrageenan_____

31. Dextrose_____

（引用來源：寶僑家品股份有限公司出品）

MEMO /

Technical English in Food Science

食品原料與成品英文

2-1 植物性

一、穀類(Cereals)

原　料	成　品	
米(Rice)	米粉(Rice noodles)、胚芽米(Rice with germ)、米製零食(Rice snack)、爆米花(Puffed rice)	
玉米(Corn; Maize)	玉米澱粉(Corn starch)、玉米糖漿(Corn syrup)、玉米油(Corn oil)、玉米粉(Maize flour)	
小麥(Wheat)	麵粉(Wheat flour)	高筋麵粉(Aleuronat gluten flour; Strong flour; Hard flour)
		中筋麵粉(Medium flour)
		低筋麵粉(Soft flour; Cake flour)
	麵筋(Gluten)	
	麵包(Bread)	硬式麵包(Hard bread and roll)
		軟式麵包(Soft bread)
		軟式餐包(Soft roll and bun)
		甜麵包(Sweet bun and roll)
		丹麥麵包(Danish pastry)

原　料	成　品
	麵條(Noodle) Fettuccine　Elbow macaroni　Rotelle Rigatoni　Bows(Fartalle)　Sea shells(Conchiglie) Spaghetti Cut noodle　Vermicelli Lasagne
大麥(Barley)	啤酒(Beer)、大麥麥芽(Barley malt)
黑麥(Rye)	黑麵包(Black bread)
燕麥(Oat)	燕麥片(Oat meal)
高粱(Kaoliang; Sorghum)	高粱酒(Kaoliang wine)
粟(Millet)	

二、薯類(Tuber and Root)

1. 馬鈴薯(Potato)：洋芋片(Potato chip)。

2. 甘藷(Sweet potato)：甘藷燒酒(Sweet potato shochu)。

3. 樹薯；木薯(Cassava)：原產地為巴西。生長時在地下生成塊根蓄積澱粉。塊根的外皮呈褐色，內部白色至黃白色，含澱粉 30~40%，澱粉粒細小，此澱粉稱 Tapioka starch 或 Tapioka flour。

4. 芋(Taro)：芋頭粉(Taro powder)，芋頭乳酪蛋糕(Taro cheese cake)。

5. 蒟蒻(Elephant food; Konjac)：屬於天南星科，原產於印尼，多年生草本，球莖經水洗、日曬後，切成厚度約 5mm，以陽光乾燥取其乾燥物粉碎，水煮添加石灰，則凝固而成型，可供食用。

三、豆　類

1. 大豆(Soybean)：醬油(Soy sauce)、豆腐(Soybean curd; Tofu)、黃豆芽(Soybean sprout)、豆腐乳(Soybean cheese)、豆漿(Soybean milk)。

2. 落花生(Peanut; Groundnut)：即土豆，花生醬(Peanut butter)。

3. 紅豆(Small red bean)。

4. 綠豆(Green bean; Mung bean)：綠豆芽(Mung bean sprout)。

5. 豌豆(Pea)：豌豆莢(Pea pod)。

6. 毛豆(Vegetable soybean)。

7. 蠶豆(Broad bean)。

8. 萊豆(Lima bean)：即皇帝豆。

9. 菜豆(Snap bean; Kidney bean; French bean)：即四季豆，敏豆。

10. 豇豆(Yard long bean)。

四、蔬菜類(Vegetables)

1. 葉菜類：

   (1) 甘藍(Cabbage)。

   (2) 芥菜(Mustard)。

   (3) 雍菜(Water spanich)：即空心菜。

   (4) 蔥(Welsh onion)。

   (5) 香芹菜(Parsley)。

   (6) 芹菜(Celery)。

   (7) 萵苣(Lettuce)。

   (8) 菠菜(Spinach)。

   (9) 莧菜(Edible amaranth)：即杏菜。

   (10) 韭菜(Chinese leek)。

   (11) 芥藍(Kale)。

2. 莖菜類：

   (1) 洋蔥(Onion)。

   (2) 竹筍(Bamboo shoot)。

   (3) 荸薺(Water cheatnut)。

   (4) 茭白筍(Water bamboo)。

   (5) 大蒜(Garlic)。

   (6) 薑(Ginger)。

   (7) 蓮藕(East indian lotus)。

   (8) 蘆筍(Asparagus)。

3. 根菜類：

   (1) 蘿蔔(Radish)。

   (2) 胡蘿蔔(Carrot)。

4. 花菜類：

  (1) 花椰菜(Cauliflower)。

  (2) 金針菜(Day lily)。

  (3) 朝鮮薊(Artichoke)。

5. 果菜類：

  (1) 黃瓜(Cucumber)。

  (2) 絲瓜(Vegetable sponge)。

  (3) 冬瓜(Wax gourd)。

  (4) 蕃茄(Tomato)。

  (5) 扁蒲(Calabash)：即瓠仔。

  (6) 蕃椒(Garden pepper; Sweet pepper)。

  (7) 越瓜(Oriental pickling melon)。

  (8) 南瓜(Pumpkin)：即金瓜。

  (9) 苦瓜(Bitter gourd)。

  (10) 茄子(Egg plant)。

  (11) 菱角(Water caltrops)。

五、果實類(Fruits)

種　　類	
香蕉 (Banana)	柑桔 (Citrus fruit)
葡萄柚 (Grapefruit)	檸檬 (Lemon)
柳橙 (Orange)	鳳梨 (Pineapple)
梨 (Pear)	蓮霧 (Wax apple)
柿 (Persimmon)	李 (Plum)
梅 (Japanese apricot; Mei)	枇杷 (Loquat)
荔枝 (Litchi)	龍眼 (Longan)

種　類	
芒果 (Mango)	百香果 (Passion fruit)
奇異果 (Kiwi)	楊桃 (Star fruit; Carambola)
杏桃 (Apricot)	玫瑰桃 (Nectarine)
櫻桃 (Cherry)	印度棗 (Indian jajabe)
棗子 (Date)	番石榴 (Guava)
木瓜 (Papaya)	哈密瓜 (Cantaloupe)
甜瓜 (Honeydew)	葡萄 (Grape)
西瓜 (Watermelon)	橄欖 (Kanran; Chinese olive)
草莓 (Strawberry)	藍莓 (Blueberry)
黑莓 (Blackberry)	蘋果 (Apple)

2-2　動物性

一、肉　類

1. 豬肉(Pork)：

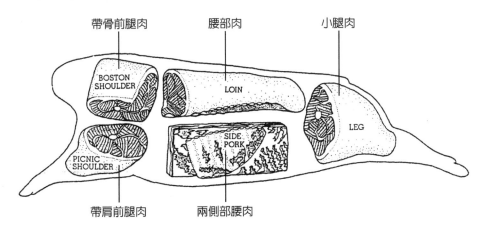

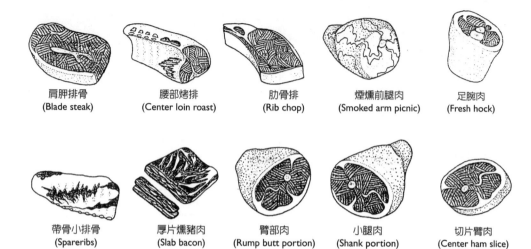

肩胛排骨
(Blade steak)

腰部烤排
(Center loin roast)

肋骨排
(Rib chop)

煙燻前腿肉
(Smoked arm picnic)

足腕肉
(Fresh hock)

帶骨小排骨
(Spareribs)

厚片燻豬肉
(Slab bacon)

臂部肉
(Rump butt portion)

小腿肉
(Shank portion)

切片臂肉
(Center ham slice)

2. 牛肉(Beef)：

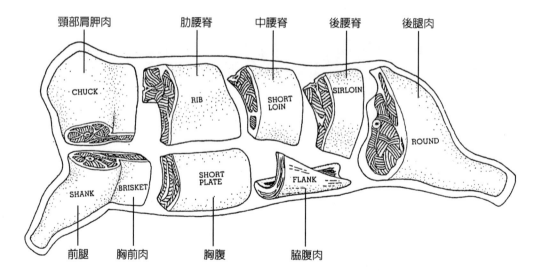

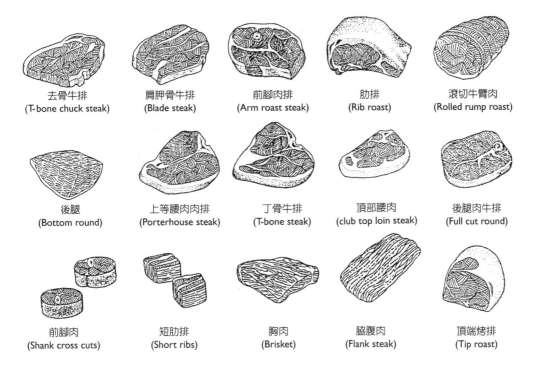

去骨牛排 (T-bone chuck steak)	肩胛骨牛排 (Blade steak)	前腳肉排 (Arm roast steak)	肋排 (Rib roast)	滾切牛臂肉 (Rolled rump roast)
後腿 (Bottom round)	上等腰肉肉排 (Porterhouse steak)	丁骨牛排 (T-bone steak)	頂部腰肉 (club top loin steak)	後腿肉牛排 (Full cut round)
前腳肉 (Shank cross cuts)	短肋排 (Short ribs)	胸肉 (Brisket)	脇腹肉 (Flank steak)	頂端烤排 (Tip roast)

3. 羊肉(Lamb)：

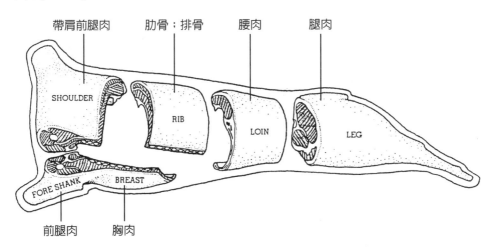

帶肩前腿肉　肋骨；排骨　腰肉　腿肉

SHOULDER　RIB　LOIN　LEG

FORE SHANK　BREAST

前腿肉　胸肉

方形帶肩前腿肉
(Square shoulder)

刀片肋骨肉
(Blade chop)

臂部肋骨排
(Arm chop)

王冠型肋排骨
(Crown roast)

8支肋排骨
(8-Rib rack)

腰肉
(Loin chop)

腿肉（上腰部）
(Leg: Sirloin half)

小腿肉
(Leg: Shank half)

小羊腿
(Lamp shank)

胸肉
(Breast)

二、乳　類

1. 牛奶(Milk)：

   (1) 全脂牛奶(Whole milk)。

   (2) 低脂牛奶(Low fat milk)。

   (3) 脫脂牛奶(Skim milk)。

2. 醱酵乳(Fermented milk)：將牛乳以乳酸菌或酵母菌作用，而醱酵者稱為醱酵乳，現今之醱酵乳原料是以脫脂乳為原料所製造的。

3. 煉乳(Sweetened condensed milk)。

4. 乳油(Cream)。

5. 起士；乾酪(Cheese)：牛乳或其他乳汁酶(Rennin)或乳酸醱酵而凝固者，蛋白質與脂肪蓄積而加食鹽及香料醱酵者，其製法依世界各國而異。

6. 奶油；乳酪(Butter)：

   (1) 無鹽奶油(Unsalted butter)。

   (2) 加鹽奶油(Salted butter)。

7. 乳酪（用）鮮乳油：白脫（用）鮮乳油(Butter cream)：由乳酪、人造乳酪 (Margarine)、酥油(Shortening)等之固體脂肪及砂糖混合作成乳狀製品，有時添加著色料、香料、蛋、飴糖及洋酒等。

8. 鮮乳油乾酪：鮮乳油起士(Cream cheese)：以乳油或乳油和牛乳的混合物為原料製造，未經熟成之軟質乾酪，風味溫和，具有的質地細滑類似乳酪。

9. 冰淇淋(Ice cream)。

三、水產(Marine Products)

1. 淡水魚：

　(1) 吳郭魚(Tilapia)。

　(2) 草魚(Grass carp)。

　(3) 鰻魚(Eel)。

　(4) 鯽魚(Crucian carp)。

　(5) 香魚(Sweet fish)。

　(6) 鯰魚(Catfish)。

　(7) 虱目魚(Milk fish)。

　(8) 鏈魚(Silver carp ＆ bighead)。

　(9) 鯉魚(Common carp)。

　(10) 泥鰍(Pond loach)。

　(11) 鱔魚(Swamp eel)。

　(12) 紅鱒(Rainbow trout)。

2. 海水魚：

　(1) 黑鯛(Black sea bream)。

　(2) 石斑(Grouper)。

　(3) 花跳(Mud skipper)。

　(4) 鮪魚(Tuna)。

(5) 嘉臘魚(Red sea brean)。

(6) 鱸魚(Sea perch)。

(7) 旗魚(Swordfish)。

(8) 鱈魚(Cod)。

3. 甲殼類(Crustaceans)：

(1) 螃蟹(Crab)。

(2) 砂蝦(Sand shrimp)。

(3) 草蝦(Grass shrimp)。

(4) 龍蝦(Spiny lobster)。

4. 貝類：

(1) 單貝類(Univalves)：鮑魚(Abalone)。

(2) 雙貝類(Bivalves)

  A. 文蛤(Hard clam)。

  B. 牡蠣(Oyster)　。

  C. 蚌(Mussel)。

  D. 干貝(Scallop)。

  E. 九孔(Small abalone)。

  F. 西施貝(Purple clam)。

  G. 蚵(Oyster)。

5. 頭足類(Cephalopods)：

(1) 章魚(Octopus)。

(2) 烏賊(Squid)。

6. 爬蟲類：

(1) 龜(Tortoise)。

(2) 鱉(Soft-shell turtle)。

7. 兩棲類：

    (1) 牛蛙(Bull frog)。

2-3　油脂原料(Fats and Oils)

一、動物性

1. 魚油(Fish oil)。

2. 牛脂(Beef tallow)。

3. 鯨油(Whale oil)。

4. 豬脂(Lard)。

二、植物性

1. 大豆油(Soybean oil)。

2. 芝麻油(Sesame oil)。

3. 棕櫚油(Palm oil)。

4. 玉米油(Corn oil)。

5. 椰子油(Coconut oil)。

6. 花生油(Peanut oil)。

7. 菜籽油(Rape oil)。

8. 橄欖油(Olive oil)。

9. 米油(Rice oil)。

10. 紅花籽油(Safflower oil)。

11. 葵花籽油(Sunflower oil)。

2-4 飲料(Beverages)

一、咖啡(Coffee)

1. Espresso：Extremely strong and rather bitter Italian coffee resulting from brewing finely ground, dark-roasted coffee with steam.
2. Instant coffee：Soluble coffee solids remaining after the water vapor has been removed from brewed coffee; often made by spray drying.
3. Freeze-dried coffee：Soluble coffee product made by freezing brewed coffee and sublimating the aqueous portion to obtain dry solids.

二、茶(Tea)

1. 綠茶(Green tea)：無醱酵的茶，茶葉採收經蒸熱處理，破壞氧化酶而製成。
2. 紅茶(Black tea)：促使茶葉中氧化酵素作用之完全醱酵茶，具有紅棕色之色素和芳香成分。
3. 烏龍茶(Oolong tea)：半醱酵茶，以特殊香氣的品種作原料→日光萎凋→室內醱酵→鍋中焙炒乾燥。
4. 茉莉花茶(Jasmine tea)。
5. 青草茶(Herb tea)：Beverage made by steeping herbs and other ingredients in water; chosen by some people because of absence of caffeine.

三、果汁(Juice)

　　果汁飲料(Juice beverage)包含天然果汁和濃縮果汁以外之果汁飲料。製法：果汁稀釋（含天然果汁 30%以上 ）→調味→成品。

四、醱酵飲料(Fermented Beverages)

1. 啤酒(Beer)。
2. 葡萄酒(Grape wine)。

五、碳酸飲料(Carbonated Beverages)

1. 百事可樂(Pepsi cola)。

2. 健怡可樂(Diet coke)。

3. 蘇打水(Soda)。

4. 可口可樂(Coke; Coca cola)。

5. 蘋果西打(Cider)。

六、蒸餾酒(Spirits)

1. 醱酵利口酒(Fermented liqueur)。

2. 利口酒(Liqueur)：A liqueur is an alcoholic beverage made from a distilled spirit that has been flavored with either fruit, cream, herbs, spices, flowers or nuts, and is bottled with added sugars and other sweeteners.

七、潘趣飲料(Punches)

一種調配果汁的混合酒精飲料。如果實混合物中加洋酒調味之飲料(Fruit punch)或不添加酒精的混合果汁飲料(Hawain punch)。

八、雞尾酒(Cocktails)

1. 血腥瑪麗(Bloody Mary)。

2. 紅杜松子酒(Pink Gin)。

3. 馬丁尼(Martini)。

九、水

1. 代謝水(Metabolic water)。

2. 天然水(Mineral water, natural)。

MEMO /

作業
範例

Chapter 2

食品原料與成品英文

班級：_____ 系(科) _____ 年 _____ 班 _____ 號

姓名：_____ 繳交日期：_____ 年 ___ 月 ___ 日

一、中文摘要

Sweet and Sour Pork：

_____

1/2　to 1-pound lean boneless pork butt, cut into 1-inch cubes

_____

1　cup water

_____

1　slice fresh ginger

_____

1　tablespoon soy sauce, sweet sour sauce (recipe follows)

_____

1　egg

_____

1/2   cup corn starch. About 4 tablespoons salad oil

1   medium-size onion, cut into wedges, with layers separated

1   green pepper, seeded and cut into 1-inch squares

1   clove garlic, minced or pressed

1   small tomatoes, cut into wedges

1/2   cup canned pineapple chunks, drained

Place pork, water, ginger, and soy in pan; bring to a boil over high heat. Cover, reduce heat, and simmer for 5 minutes. Drain and let cool. Prepare sweet-sour sauce and set aside.

Beat egg in a small bowl. Place cornstarch in a bag. Dip pork cubes in egg. Then shake in corn starch until lightly coated; shake off excess. Heat about tablespoons of the oil in a work or wide frying pan over medium-high heat. When oil is hot, add meat (cook half at a time if using more 1/2 1b.) and stir-fry until browned (2 to 3 minutes). Remove meat and set aside; discard pan drippings.

_____

_____

_____

_____

_____

_____

Increase heat to high and add remaining 2 tablespoons oil. When oil is hot, add onion, green pepper, and garlic and stir fry for 1 minute, adding a few drops of water if pan appears dry. Stir sweet-sour sauce, add to pan, and heat, stirring, until sauce boils and thickens slightly.

_____

_____

_____

_____

Stir in tomatoes, pineapple, and meat and cook just until heated though (about 30 seconds). Makes 2 to 4 servings.

_____

_____

MEMO /

Technical English in Food Science

衛生與安全

一、Foodborne Diseases (Food Infections)

1. Salmonellosis.

2. Shigellosis.

3. Vibriosis.

4. Cholera.

5. Trichinosis.

6. Amebiasis.

7. Other food infections：

    (1) Tuberculosis / *Corynebacterium tuberculosis.*

    (2) *Taenia solium.*

    (3) *Listeria monocytogenes.*

    (4) *Yersinia enterocolitica.*

    (5) *Campylobacter jejuni.*

    (6) *Escherichia coli.*

    (7) *Bacillus cereus, Aeromonas hydrophilia, Arizona hinshawaii.*

    (8) *Plesiomonas shigelloides.*

二、Food Intoxication

1. Staphylococcal poisoning.

2. Botulism.

3. Perfringen Poisoning.

4. Other intoxications: *Bacillus cereus, Mycotoxins.*

三、Sanitary Handling of Foods

1. Personal hygiene.

2. Sanitation in home.

3. The hazard analysis and critical control point system (HACCP).

四、Regulatory Agency–FDA

1. **The Food and Drug Administration (FDA)：**Is probably the most important enforcement agency since it regulates all our foods except meat and poultry and, in some instances, can even regulate these products. There are two general regulatory categories: adulteration and misbranding.

    (1) Adulteration

        A. A substance which is added is injurious for human consumption.

        B. An inferior substance substitutes wholly or partly.

        C. A valuable ingredient has been abstracted from the food product, wholly or in part.

        D. Various types of adulterants found in the food products are as follows:

          ・ Intentional adulterants; like coloring agents, starch,Pepperoil, injectable dyes and others.

          ・ Incidental adulterants; like pesticide residues, larvae in foods, droppings of rodents.

          ・ Metallic contaminants; like lead, arsenic, effluent from chemical industries etc.

(2) Misbranding

    A. It is a food for which standards of identity have been written and it fails to comply with these standards.

    B. It is wrongly labeled.

    C. It fails to meet the regulations for fill of container.

作業範例

Chapter 3

衛生與安全

班級：＿＿＿＿＿＿＿系(科)＿＿＿＿＿年＿＿＿＿＿＿班＿＿＿＿＿號
姓名：＿＿＿＿＿＿＿繳交日期：＿＿＿＿＿年＿＿＿月＿＿＿日

How can food be dangerous?

＿＿＿＿＿＿＿＿＿＿＿＿＿＿＿＿＿＿＿＿＿＿＿＿＿＿＿＿＿

Food can be dangerous to eat for a variety of reasons:

＿＿＿＿＿＿＿＿＿＿＿＿＿＿＿＿＿＿＿＿＿＿＿＿＿＿＿＿＿

1. It may contain natural poisons, for example, potatoes that have turned green or undercooked kidney beans.

   ＿＿＿＿＿＿＿＿＿＿＿＿＿＿＿＿＿＿＿＿＿＿＿＿＿＿＿

   ＿＿＿＿＿＿＿＿＿＿＿＿＿＿＿＿＿＿＿＿＿＿＿＿＿＿＿

2. Certain metals may have got into it during growth or processing, such as lead or copper.

   ＿＿＿＿＿＿＿＿＿＿＿＿＿＿＿＿＿＿＿＿＿＿＿＿＿＿＿

   ＿＿＿＿＿＿＿＿＿＿＿＿＿＿＿＿＿＿＿＿＿＿＿＿＿＿＿

3. Pesticides or weed-killers may be present on it.

_____

4. Parasites may be in it , for example , the Trichinosis worm which is sometimes found in pork.

_____

_____

5. The most common type of food contamination is bacteria. Because some of the most dangerous bacteria do not change the appearance of food at all and can only be seen under a microscope. There are many ways in which the growth of bacteria can make food unsafe to eat if it is not handled properly and if safe practices are not followed.

_____

_____

_____

_____

6. HACCP is a management system in which food safety is addressed through the analysis and control of biological, chemical, and physical hazards from raw material production, procurement and handling, to manufacturing, distribution and consumption of the finished product. **(U.S. Food and Drug Administration)**

_____

_____

_____

_____

CHAPTER **4**

Technical English in Food Science

食品加工的相關名詞與解釋

4-1　食品加工方面

共有食品、普通食品、調合食品、組合食品、單元操作、生物需氧量及化學需氧量等項。

名　詞	解　釋
食品原料 (Food material)	凡經口攝取，含有一種以上營養素的可食物材。
食物(Food)	食品經過調製成為另一種可食狀態者。
食品加工 (Food processing)	將農產、畜產、水產等主要食品原料，以物理、化學、微生物或併用的方法加以處理，使其改變形狀或性質，因而增加保藏性或提高營養價值與實用性；此種製造具新性質食品的工程。
通常食品 (Conventional food)	此種加工食品使用的主要原料只有一種，大部分加工食品屬於此類。
調合食品 (Formulated food)	此種加工食品使用數種原料依照適當比例混合，並經過調味、加熱等前處理製成。
組合食品 (Fabricated food)	此種加工食品乃利用組合技術，將由某種原料分離所得之特定成分配製成原材料所不具有的機能者。
單元操作 (Unit operation)	化學製品的製造過程之物理操作，這些共同操作分別論列。
生物需氧量 (Biological oxygen demand; BOD)	表示水污染之程度，測定生化需要量的實驗室標準方法，以及在 20℃，測定 5 天中所消耗之溶氧量。
化學需氧量 (Chemical oxygen demand; COD)	表示水污染之程度，依氧化劑進行化學氧化所消耗之氧氣量。

4-2 油脂方面

可分為油脂種類與油脂精製步驟兩項。

1. 油脂種類：

種　　類	解　　釋
食用油(Edible oil)	常溫下呈液狀。
食用脂(Edible fat)	常溫下呈軟膏狀或固體狀。
乾性油(Drying oil)	碘價在 130 以上者。
半乾性油(Semi-drying oil)	碘價在 100~130 者。
不乾性油(Non-drying oil)	碘價在 100 以下者。

2. 油脂精製步驟：

   (1) 沉澱脫膠(Settling and degumming)。

   (2) 脫酸(Refining or neutralizing)。

   (3) 脫色(Decolorizing)。

   (4) 脫臭(Deodorizing)。

   (5) 冬化(Winterizing)。

4-3 酒類的分類

依製作方法可分為釀造酒、蒸餾酒及合成酒三種：

1. 釀造酒(Fermented liquor)：係指以糖質或澱粉質為原料，利用酒母進行酒精醱酵，所得醱酵液供直接飲用者。如啤酒(Beer)。

2. 蒸餾酒(Distilled liquor)：釀造酒再經過蒸餾後所製得的酒類。如白蘭地(Brandy)。

3. 合成酒(Compounded liquor)：又稱為混合酒、調合酒或再製酒，是以釀造酒、蒸餾酒或酒精溶液為原料，再添加香味料、著色料、藥材及其他調味料混合之後，經一段時間熟成所製成的酒類。

4-4　應用於食品加工的重要微生物

一、細　菌

1. 醋酸菌(*Acetic acid bacteria*)。

2. 乳酸菌(*Lactic acid bacteria*)。

3. 丙酸菌(*Propionic acid bacteria*)。

4. 麩胺酸生產菌(*Corynebacterium glutamicum*)。

5. 納豆菌(*Bacillus natto*)。

二、黴　菌

1. 麴黴屬(*Aspergillus*)。

2. 青黴屬(*Penicillium*)。

3. 紅麴黴屬(*Monascus*)。

4. 根黴屬(*Rhizopus*)。

5. 毛黴屬(*Mucor*)。

三、酵母菌

1. 產孢酵母菌(*Spore-forming yeast*)。

2. 不產孢酵母菌(*Non spore-forming yeast*)。

3. 酵母菌屬(*Saccharomyces*)。

4. 裂殖酵母菌屬(*Schizosaccharomyces*)。

5. 德巴利氏酵母菌屬(*Debaryomyces*)。

6. 韓生氏菌屬(*Hansenula*)。

7. 畢赤酵母菌屬(*Pichia*)。

8. 串狀酵母菌屬(*Torulopsis*)。

9. 念珠菌屬(*Candida*)。

10. 紅酵母屬(*Rhodotorula*)。

4-5　加工常用酶

加工常用的酶分別如下：

1. 胜肽類(Peptide)。

2. 蛋白酶(Protease)。

3. 澱粉酶(Amylase)。

4. 纖維素酶(Cellulase)。

5. 果膠分解酶(Pectinase)。

6. 麥芽糖酶(Maltase)。

7. 乳糖酶(Lactase)。

8. 胃蛋白酶(Pepsin)。

9. 木瓜酶(Papain)。

10　腸蛋白酶(Erepsin)。

11. 酯類(Ester)。

12. 酯酶(Esterase)。

13. 脂解酶(Lipase)。

14. 磷酸酯酶(Phosphatase)。

15. 卵磷脂酶(Lecithinase)。

 4-6 加工食品變化

1. 腐敗(Putrefaction)：食品中由於微生物的繁殖所產生的酶作用，導致其有機成分中的蛋白質被分解，產生臭味成分與有害物質的現象。

2. 醱酵(Fermentation)：食品中由於微生物的繁殖所產生的酶作用，導致其有機成分中的碳水化合物被分解，產生芳香成分與有益於人類物質的現象。

3. 劣化(Deterioration)：又稱為劣變或變質，是指食品中的碳水化合物或脂肪成分受到微生物、本身酶或外界因子（如：溫度、氧氣、光線、水活性等）的作用，導致食品發生不良性質的現象。

 4-7 加熱方面

主要包括常用的加熱殺菌法與相關詞彙兩大項。

一、常用的加熱殺菌法

種　類	解　釋
殺菁　(Blanching)	將生鮮原料迅速以熱水或水蒸氣加熱處理的方式。
低溫長時間殺菌法　(Low temperature long time pasteurization; LTLT)	在 62~65℃加熱並維持 30 分鐘的殺菌法。

種　　類	解　　釋
高溫短時間殺菌法 (High temperature short time pasteurization; HTST)	主要用於牛乳、果汁等液狀食品的殺菌。牛乳為 72~75℃，15 秒；果汁為 93~95℃，30 秒。
超高溫瞬間殺菌法 (Ultra high temperature sterilization; UHT)	為 130~140℃加熱 2 秒或 150℃加熱 0.75 秒的短時間殺菌法。
巴斯德殺菌法 (Pasteurization)	指以 100℃以下的溫度進行加熱。

二、加熱相關詞彙

1. 乾式提煉法(Dry rendering)。

2. 濕式提煉法(Wet rendering)。

3. 定位洗滌(Cleaning in place)。

4. 刮面式熱交換面(Scraped surface heat exchanger)。

5. 連續式蒸煮器(Continuous steam cooker)。

6. 多管式熱交換器(Multitubular type heat exchanger)。

7. 板式熱交換器(Plate type heat exchanger)。

8. 對流(Convection)。

9. 煮沸(Boiling)。

10. 傳導(Conduction)。

11. 輻射(Radiation)。

12. 蒸熱(Steaming)。

13. 加壓殺菌釜(Retort)。

14. 雙重鍋(Double kettle)。

4-8　評定微生物耐熱性的數值

數　值	解　釋
TDT 曲線或受熱死滅時間曲線 (Thermal death time curve)	指在某溫度及特定條件下殺死一定數目的細菌所需的時間。
D 值　(D-value)	為時間單位，指在某溫度下殺滅原有細菌數 90%所需的時間。
Z 值　(Z-value)	為溫度單位，指某細菌改變加熱溫度，當其 D 值變化 10 倍或 1/10 倍時之溫度差距。
殺菌 F 值　(F-value)	為時間單位，指某細菌在某溫度（通常以 250°F 為基準）下殺死一定數目的細菌所需的加熱時間。
加熱致死溫度 (Thermal death point)	10 分鐘內殺死細菌所需的最低溫度。

4-9　低溫保藏方面

1. 常用低溫保藏法：

種　類	解　釋		
冷藏　(Refrigeration)	在凍結點以上，10℃以下的溫度（一般為 5℃或 7℃）進行貯藏。		
冰溫冷藏　(Chilling)	在－2~2℃溫度範圍之內進行貯藏。		
冷凍　(Freezing)	在－18℃以下的溫度進行貯藏。	緩慢冷凍(Slow freezing)。	
		急速冷凍(Quick or fast freezing)。	
		個體快速冷凍(Individual quick freezing; IQF)。	

2. 相關詞彙：

詞　彙	解　釋
冷凍曲線 (Freezing curve)	食品在冷凍時，食品內任意一點，隨著時間的經過，下降溫度的狀態，以冷凍曲線表現。
冰點；凝固點 (Freezing point)	水分變為冰結晶的溫度，稱為冰點。
冷媒 (Refrigerant)	包括 NH_3, CO_2, SO_2, C_2H_6, C_3H_8, C_4H_{10}, $(CH_3)_8CH$, CH_3Cl, C_2H_5Cl 及 Freons。
共晶點 (Eutectic point)	生成共熔混合物之溫度，亦稱共熔點。

 4-10　乾燥法

常用的乾燥法如下：

1. 常壓乾燥法(Atmospheric drying)：

   (1) 箱型乾燥機(Cabinet dryer)。

   (2) 運送帶乾燥機(Band dryer)。

   (3) 隧道式乾燥機(Tunnel dryer)。

   (4) 攪拌式槽型乾燥機(Agitated trough dryer)。

   (5) 迴轉乾燥機(Rotary dryer)。

   (6) 氣流乾燥機(Pneumatic conveying dryer)。

   (7) 滾筒乾燥機(Drum dryer)。

   (8) 噴霧乾燥機(Spray dryer)。

   (9) 泡沫乾燥機(Foam dryer)。

   (10) 流動層乾燥機(Fluidized-bed dryer)。

   (11) 高周波乾燥機(High frequency dryer)。

2. 真空乾燥法(Vacuum drying)：

    (1) 真空箱型乾燥機(Vacuum cabinet dryer)。

    (2) 真空迴轉乾燥機(Vacuum rotary dryer)。

    (3) 真空轉筒乾燥機(Vacuum drum dryer)。

3. 加壓乾燥法(Puff drying)。

4-11 其他相關詞彙

一、去皮法(Peeling)

1. 手工去皮法(Hand peeling)。

2. 冷凍去皮法(Freeze peeling)。

3. 機械去皮法(Mechanical peeling)。

4. 熱水去皮法(Hot water peeling)。

5. 蒸氣去皮法(Steam peeling)。

6. 熱水去皮法(Hot water peeling)。

7. 熱處理去皮法(Heat peeling)。

8. 化學去皮法(Chemical peeling)。

9. 熱媒去皮法(Heating medium peeling)。

10. 火焰去皮法(Flame peeling)。

二、濃縮(Concentration)

1. 濃縮器(Concentrator)：

    (1) 常壓濃縮器(Atmospheric concentrator)。

    (2) 真空濃縮器(Vacuum concentrator)。

2. 真空濃縮(Vacuum concentration)。

3. 凍結濃縮(Freeze concentration)。

三、過濾(Filtration)

1. 過濾(Filtration)：

(1) 濾餅過濾(Cake filtration)。

(2) 澄清過濾(Clarifying filtration)。

(3) 重力過濾(Gravity filtration)。

(4) 離心過濾(Centrifugal filtration)。

2. 過濾器(Filter)：

(1) 加壓過濾器(Pressure filter)。

(2) 真空過濾器(Vacuum filter)。

(3) 重力過濾器(Gravity filter)。

(4) 葉狀過濾器(Leaf filter)。

四、壓榨(Pressing)

1. 螺旋式壓榨機(Spiral type press)。

2. 樣規壓榨機(Gauge press)。

3. 筒式壓榨機(Pot press)。

4. 旋轉壓榨機(Expeller)。

5. 批式壓榨機(Batch type press)。

6. 板式壓榨機(Plate press)。

7. 箱式壓榨機(Box press)。

8. 連續式壓榨機(Continuous type press)。

五、蒸發(Evaporation)

1. 真空蒸發器(Vacuum evaporator)。

2. 板型蒸發器(Plate evaporator)。

3. 常壓蒸發器(Atmospheric evaporator)。

4. 攪拌模型蒸發器(Centrifugal thin-film evaporator)。

5. 長管式單一通過型蒸發器(Long-tube one pass evaporator)。

6. 液膜下降型蒸發器(Falling-down film evaporator)。

7. 液膜上升型蒸發器(Climbing film evaporator; Kestner type evaporator)。

8. 長管式自然循環型蒸發器(Long-tube natural circulate evaporator)。

9. 強制循環型蒸發器(Forced-circulation evaporator)。

六、混合(Mixing)

1. 迴轉容器型混合機(Rotational vessel type mixer)。

2. 轉筒型混合機(Drum mixer; Rotary mixer)。

3. 圓錐型混合機(Conical mixer)。

4. 二重圓錐型混合機(Double cone mixer)。

5. V 型混合機(V-type mixer)。

6. 振盪混合機(Shaking mixer)。

7. 攪拌輪葉型混合機(Agitating paddle mixer)。

8. 螺旋型混合機(Spiral type mixer)。

9. 管路混合機(Pipe line mixer)。

七、捏和(Kneading)

1. 豎型捏和機(Vertical kneading)。

2. 橫型捏和機(Horizontal kneading)。

作業
範例

Chapter 4

食品加工的相關名詞
與解釋

班級：＿＿＿＿＿＿＿＿系(科)＿＿＿＿年＿＿＿＿班＿＿＿＿號
姓名：＿＿＿＿＿＿＿＿繳交日期：＿＿＿＿年＿＿月＿＿日

一、名詞解釋

1. Food processing：＿＿＿＿＿＿＿＿＿＿＿＿＿＿＿＿＿＿＿＿＿

＿＿＿＿＿＿＿＿＿＿＿＿＿＿＿＿＿＿＿＿＿＿＿＿＿＿＿＿＿＿＿

2. Distilled liquor：＿＿＿＿＿＿＿＿＿＿＿＿＿＿＿＿＿＿＿＿＿＿

＿＿＿＿＿＿＿＿＿＿＿＿＿＿＿＿＿＿＿＿＿＿＿＿＿＿＿＿＿＿＿

3. Fermentation：＿＿＿＿＿＿＿＿＿＿＿＿＿＿＿＿＿＿＿＿＿＿＿＿

＿＿＿＿＿＿＿＿＿＿＿＿＿＿＿＿＿＿＿＿＿＿＿＿＿＿＿＿＿＿＿

4. Ultra high temperature sterilization；UHT：＿＿＿＿＿＿＿＿＿＿＿

＿＿＿＿＿＿＿＿＿＿＿＿＿＿＿＿＿＿＿＿＿＿＿＿＿＿＿＿＿＿＿

5. F-value：＿＿＿＿＿＿＿＿＿＿＿＿＿＿＿＿＿＿＿＿＿＿＿＿＿＿＿

＿＿＿＿＿＿＿＿＿＿＿＿＿＿＿＿＿＿＿＿＿＿＿＿＿＿＿＿＿＿＿

6. Refrigeration：＿＿＿＿＿＿＿＿＿＿＿＿＿＿＿＿＿＿＿＿＿＿＿＿

＿＿＿＿＿＿＿＿＿＿＿＿＿＿＿＿＿＿＿＿＿＿＿＿＿＿＿＿＿＿＿

7. Freezing curve： _____

_____

8. Winterizing： _____

_____

9. Atmospheric drying： _____

_____

10. Thermal death time curve： _____

_____

二、文章翻譯

PROCESSING：

Processing includes all the things done to get foods ready for cooking and serving. In some kitchens more time and labor may be spent in processing than in the cooking itself.

_____

_____

_____

Cleaning and cutting, of course, are major processing activities. In addition there are many specific processes and techniques that figure in the preparation of many different kinds of foods.

_____

_____

_____

Technical English in Food Science

食品化學

 5-1　水(Water)

一、前　言

Water, although people do not always think of it as a nutrient, is essential for life. About 70% of our bodyweight is made up of water, but in a reasonable diet it is quite easy to get this, because most food has a high water content.

中譯：_____

_____

_____

二、相關詞彙

水活性　(Water activity)	自由水　(Free water)
	結合水　(Bound water)
水構造　(Water structure)	氫鍵　(Hydrogen bounding)
熱傳導　(Thermal conductivity)	過冷　(Supercooled)

三、名詞解釋

1. 自由水(Free water)：細胞質中有一些能用簡單機械方法或熱力作用而與其他有機質相分離，乃係機械的保存於細胞間者為自由水。亦即熱力學上可以自由移動的水。

2. 結合水(Bound water)：與食品主成分醣類、蛋白質等以氫鍵結合，水被束縛，共同構成組織成分，而無法輕易的由食品中游離。故又定義為冷卻至 0℃ 以下，亦不會凍結的水，一般冷卻至 −20℃，−30℃ 亦不會結冰，亦無溶媒作用。

5-2　碳水化合物(Carbohydrates)

一、前　言

Carbohydrates are a group of nutrients that include starches and sugars. Carbohydrates are a source of energy, except for pectinand cellulose. They are found, for example, in potatoes, bread, grains (rice, wheat, etc.), fruit and honey.

中譯：_____

_____

二、相關詞彙

單醣類(Monosaccharides)	葡萄糖 (Glucose)、果糖 (Fructose)、木質糖 (Xylose)、半乳糖 (Galactose)、甘露糖 (Mannose)	
寡醣類(Oligosaccharides) 雙醣類(Disaccharides)	蔗糖 (Sucrose)、麥芽糖 (Maltose)、乳糖(Lactose)	
多醣類 (Polysaccharides)	澱粉 (Starch)	直鏈澱粉 (Amylose)
		支鏈澱粉 (Amylopectin)
	肝醣 (Glycogen)、纖維素 (Cellulose)、幾丁質 (Chitin)、半纖維素 (Hemicelluloses)、果膠質 (Pectic substances)、糊精 (Dextrins)、木質素 (Lignin)、戊聚醣 (Pentosans)	
褐變反應 (Browning reaction)	梅納反應 (Maillard reaction)又稱糖胺反應(Sugar-amine reaction)	
	焦糖化 (Caramelization)	
粗纖維 (Crude fiber)	食物纖維 (Dietary fiber)	
糊化 (Gelatinization)	葡萄糖酸 (Gluconic acid)	
水解反應 (Hydrolysis)	酮醣 (Ketose)	
酮解作用 (Ketosis)	人工澱粉 (Modified starch)	

變旋光 (Mutarotation)	糊化澱粉 (Pregelatinized starch)
原果膠 (Protopectin)	還原糖 (Reducing sugar)
老化 (Retrogradation)	澱粉粒 (Starch granule)
天然澱粉 (Unmodified starch)	糖醛酸 (Uronic acids)
黏度 (Viscosity)	

三、名詞解釋

1. 直鏈澱粉(Amylose)：僅由葡萄糖以 α-1,4 相互結合成直鏈分子，易溶於溫水而不沉澱。

2. 支鏈澱粉(Amylopectin)：係在葡萄糖以 α-1,4 結合的鏈上，又有若干處以 α-1,6 結合而形成支鏈，不易溶於溫水而糊化。

3. 梅納反應(Maillard reaction)：也稱糖胺反應，蛋白質、胜肽類或胺基酸的鹼性胺基，易與非環狀糖之羧基接合使糖胺分解，產生褐色。

4. 食物纖維(Dietary fiber)：在胃與小腸中是不消化的，包括纖維素、木質素、戊聚醣、果膠質。

5. 還原糖(Reducing sugar)：具有醛或酮的還原性基之糖類，如：葡萄糖、果糖、乳糖。

5-3　油脂(Fat)

一、前　言

　　Fats (lipids) are a concentrated source of energy and are found in dairy products, cooking oils and nuts, among other foods.

中譯：_____

_____

二、相關詞彙

簡單脂質 (Simple lipids)	油脂 (Fats)
	蠟 (Waxes)
複合脂質 (Compound lipids)	磷脂質 (Phospholipids)
	醣脂質 (Glycolipid)
	脂蛋白 (Lipoprotein)
衍生脂質 (Derived lipids)	脂肪酸 (Fat acid)
乳脂質 (Milk-fat group)	油酸 (Oleic acid)
	軟脂質 (Palmitic acid)
	硬脂質 (Stearic acid)
抗氧化劑 (Antioxidants)	丁基羥基氧苯 (Butylated hydroxyanisole; BHA)
	二丁基羥基甲苯 (Butylated hydroxytoluene; BHA)
抗氧化劑 (Antioxidants)	沒食子酸酯 (Propyl gallate; PG)
	二異丁基對苯二酚 (TBHQ; di-tert-butyl hydroguinone)
提煉 (Rendering)	濕提法 (Wet rendering)
	乾提法 (Dry rendering)
自氧化作用 (Autoxidation)	脫色 (Bleached)
奶油 (Butter)	膽固醇 (Cholesterol)
去膠 (Degumming)	去氫化 (Dehydrogenation)
脫臭 (Deodorized)	乳化劑 (Emulsifiers)
風味 (Flavor)	氫化 (Hydrogenation)
交酯作用 (Interesterification)	碘價 (Iodine value)
月桂酸族 (Lauric acid group)	卵磷脂 (Lecithin)
脂質分解 (Lipolysis)	脂氧化酶 (Lipoxidase)

人造奶油 (Margarines)	沙拉醬 (Mayonnaise)
油 (Oils)	過氧化價 (Peroxide value)
多過氧化物 (Polyperoxides)	壓榨 (Pressing)
助氧化劑 (Prooxidants)	純化 (Purification)
油耗味 (Rancidity)	精製 (Refined)
油雜味 (Reversion)	沙拉油 (Salad oil)
皂化 (Saponification)	乾燥 (Settling)
酥油 (Shortenings)	溶劑抽取 (Solvent extraction)
冬化 (Winterizing)	

三、名詞解釋

1. 自氧化作用(Autoxidation)：不飽和酸或含該酸的油脂，因輻射、助氧化劑或酶之催化與氧化作用，生成氫過氧化物(Hydroperoxide)，再分解成醛、酮及低級脂肪酸，產生刺激味（油耗味）。

2. 乳化劑(Emulsifiers)：一端具有疏水基群與非極性脂質結合，另一端具親水基，能與水分子結合，而能將小油滴分散於水中之物質。

3. 氫化(Hydrogenation)：氫氣及油脂於操作溫度（100~200℃加壓 54kg/cm^2）下混合，添加催化劑（鎳）使之充分攪拌作用，使液態油脂變成可塑性油脂，如：酥油。

4. 脂質分解(Lipolysis)：係指酯鍵受到酶、熱力及化學作用水解。

5. 油耗味(Rancidity)：油脂受物理化學、生物化學或微生物作用而產生異味，脂肪由於水解或氧化而發生變化、變質、變味之酸敗。

5-4　胺基酸與蛋白質(Amino Acid and Protein)

一、前　言

　　Proteins are important for growth and present in a wide range of animal and vegetable foods, especially meat and dairy products.

中譯：＿＿＿＿＿＿＿＿＿＿＿＿＿＿＿＿＿＿＿＿＿＿＿＿＿＿＿＿＿＿

＿＿＿＿＿＿＿＿＿＿＿＿＿＿＿＿＿＿＿＿＿＿＿＿＿＿＿＿＿＿＿＿＿＿

二、相關詞彙

酸性胺基 (Carboxyl group)	天門冬醯胺　(Asparagine)
	天門冬胺酸　(Aspartic acid)
	麩胺酸　(Glutamine)
鹼性胺基 (Amino group)	離胺酸　(Lysin)
	精胺酸　(Arginine)
	組胺酸　(Histidine)
中性胺基 (Amide group)	甘胺酸　(Glycine)
	胺基丙酸　(Alanine)
	絲胺酸　(Serine)
	纈胺酸　(Valine)
	蘇胺酸　(Threonine)
	白胺酸　(Leucine)
	異白胺酸　(Isoleucine)
中性胺基 (Amide group)	半胱胺酸　(Cysteine)
	胱胺酸　(Cystine)
	苯丙胺酸　(Phenylalanine)
	酪胺酸　(Tyrosine)

中性胺基 (Amide group)	甲硫胺酸 (Methionine)
	脯胺酸 (Proline)
單純蛋白質	硬蛋白或硬蛋白質 (Albuminoid)
	組織蛋白 (Histone)
	精蛋白 (Protamine)
複合蛋白質	核蛋白質 (Nucleoprotein)
	醣蛋白質 (Carbohydrate-cotaining protein)
	磷蛋白質 (Phosphoprotein)
	色素蛋白質 (Chromoprotein)
	脂蛋白質 (Lecithoprotein; Lipoprotein; Lecithin)
蛋白質結構	一級結構 (Primary structure)
	二級結構 (Secondary structure)
	三級結構 (Tertiary structure)
	四級結構 (Quaternary structure)
黃麴毒素(Aflatoxins)	抗體 (Antibodies)
桿菌屬(Bacillus)	生物價 (Biological value)
乾酪(Cheese)	結合蛋白質 (Conjugated protein)
變性(Denaturation)	變性劑 (Denaturing agents)
等電點 (Isoelectric point)	限制胺基酸 (Limiting amino acid)
分枝桿菌屬 (Mycobacterium)	凝乳酶(Rennin)
鹽溶(Salting in)	鹽析 (Salting out)
胜肽類(Peptides)	胜肽鍵 (Peptide bond)
保水力 (Water holding capacity)	乳清蛋白 (Whey protein)

三、名詞解釋

1. 蛋白質構造：

   (1) 一級結構(Primary structure)：係指多胜肽鏈的共價主鏈及其胺基酸的排列順序。

   (2) 二級結構(Secondary structure)：係指多胜肽鏈藉著氫鍵排列成沿一個方向具有週期性結構的一個構型。

   (3) 三級結構(Tertiary structure)：係指多胜肽鏈藉助各種次級鍵盤繞成緊密的球狀結構的構型。

   (4) 四級結構(Quaternary structure)：係指少聚蛋白質中各亞基之間在空間上的相互關係或結合方式，如血紅蛋白。

2. 等電點(Isoelectric point)：蛋白質與胺基酸同為兩性物質，而能形成雙性離子(Zwitterion)，一般蛋白質在酸性溶液中，荷正電可與陰離子(Anion)反應結合，在鹼性溶液中可與陽離子(Cation)反應，在中間的 pH 為電中性，此 pH 即為等電點，等電點 pH 依蛋白質種類而異，在等電點的蛋白質溶液最不安定，蛋白質最容易沉澱，可利用此性質來分離蛋白質。

3. 變性(Denaturation)：蛋白從生的狀態發生構造上的變化稱變性，依物理（加熱、凍結、攪拌、壓力）和化學（酸、鹼、鹽）因素而發生。

4. 變性劑(Denaturing agents)：引起變性之物理、化學因子。

5. 限制胺基酸(Limiting amino acid)：由於食物中的蛋白質形成時，可利用的量係依其中最少量的必需胺基酸而定。

6. 鹽溶(Salting in)：蛋白質或胺基酸的溶液中添加少量鹽時，可顯著地提高溶質的溶解度，稱為鹽溶。若添加鹽濃度高時，則反而出現鹽析效應。

7. 鹽析(Salting out)：與鹽溶相反，水溶液中添加鹽類時，致使原先溶解之物質析出現象，若中性鹽濃度提高至一定程度，多餘的鹽離子反而會與蛋白質競爭溶劑之親和力，減低蛋白質之水合作用，而導致蛋白質沉澱。

5-5　酶(Enzyme)

一、相關詞彙

酶的種類	氧化還原酶(Oxidoreductase)：例如過氧化酶(Peroxydase)。
	轉移酶(Transferase)：例如甲基轉移酶(Methyl transferase)。
	水解酶(Hydrolase)：例如澱粉酶(Amylase)、胃蛋白酶(Pepsin)。
	異構酶(Isomerase)：例如葡萄糖異構酶(Glucose isomerase)。
	解離酶(Lyase)：例如去羧酶(Decarboxylase)。
	聯結酶(Ligase)：此類酶較少，主要是利用 ATP 分解產生能量，催化兩個分子基團進行聯結作用。

澱粉酶(Amylase)	殺菁(Blanching)
類胡蘿蔔素(Carotenoids)	輔酶(Coenzymes)
冷變性(Cold denaturation)	酶褐變(Enzymic browning)
固定化酶(Immobilized enzyme)	果膠質(Pectin)
果膠酶(Pectinase)	多酚氧化酶(Polyphenolase)
核黃素(Riboflavin)	

二、名詞解釋

1. 殺菁(Blanching)：預熱調理，目的在於使組織軟化、收縮，一般浸於 82~93℃，30 秒~5 分鐘，除去不良氣味與部分微生物，脫氣、破壞酶、軟化組織及促進剝皮。

2. 冷變性(Cold denaturation)：經純化之酵素，於未凍結冰溫溫度(Chilling temperature)下，即造成破壞。

3. 固定化酵素(Immobilized enzyme)：係指利用化學或物理方法來限制酵素的移動，當作用完後，可使產物分離而再度利用。

5-6 維生素與礦物質(Vitamin and Minerals)

一、前　言

Vitamins and minerals, present in all natural foods, help control body functions, and maintain health.

中譯：_____

_____

二、相關詞彙

脂溶性維生素	維生素 A (Vitamin A)
	維生素 D (Vitamin D)
	維生素 E (Vitamin E)
	維生素 K (Vitamin K)
水溶性維生素	硫胺素 (Thiamine; Vitamin B$_1$)
	核黃素 (Riboflavin; Vitamin B$_2$)
	菸鹼酸 (Niacin)
	吡哆醇群 (Pyridoxine group; Vitamin B$_6$)
	泛酸 (Pantothenic acid)
	生物素 (Biotin)
	葉酸 (Folic acid)
	抗壞血酸 (Ascorbic acid; Vitamin C)

輔因子 (Cofactor)	增強 (Enrichment)
強化 (Fortification)	微波 (Microwave)
回復 (Restoration)	

三、名詞解釋

1. 增強(Enrichment)：添加維生素與礦物質以達到規定營養標準量。

2. 強化(Fortification)：添加某種營養素於食品，使食品成為該樣營養素之大量來源，所添加的營養素可能超過食品中原來含量或本身所沒有。

3. 回復(Restoration)：添加維生素或礦物質，以回復食品加工前之含量。

 5-7　食品中的其他必要組成

一、相關詞彙

抗結塊劑 (Anticaking agents)	抗氧化劑 (Antioxidants)
安息香酸 (Benzoic acid)	麵包改良劑 (Bread improvers)
碳酸化作用 (Carbonation)	羧甲基纖維素 (Carboxy methyl cellulose; CMC)
整合劑 (Chelating agents)	澄清劑 (Clearitying agants)
調節劑 (Conditioning agent)	乙二胺四乙酸 (Ethylene diamine tetra-acetic acid; EDTA)
堅固劑 (Firming agents)	麵包漂白劑 (Flour bleaching agents)
延胡索酸 (Fumaric acid)	濕潤劑 (Humectants)
發粉 (Leaveners)	蘋果酸 (Malic acid)
中和價 (Neutralizing value)	亞硝酸 (Nitrite)
助氧劑 (Prooxidants)	丙酸 (Propanol acid)
血清白蛋白 (Serum albumin)	茶醇 (Sorbitol)
安定劑 (Stabilizers)	琥珀酸 (Succinic acid)
酒石酸 (Tartaric acid)	增稠劑 (Thickeners)

二、名詞解釋

1. 抗結塊劑(Anticaking agents)：用於保持具有吸濕性的粒狀或粉狀食品的流動性，可吸收多餘水分或包在顆粒外，使其抗水或提供不溶性顆粒狀，稀釋劑如：矽酸鈣（用於發粉、食鹽或其他產品防止結塊）。

2. 碳酸化作用(Carbonation)：在碳酸飲料工業中，將二氧化碳溶解於水中或飲料中。在製糖工業上，蔗糖汁加大量石灰乳後，通入二氧化碳使產生碳酸鈣結晶沉澱，將其過濾即可得到透明之蔗糖汁。

3. 羧甲基纖維素(Carboxy methyl cellulose; CMC)：由棉花或木材纖維素製成，與安定劑配合使用。也可當作起泡劑，用於冰淇淋、果凍、糕餅。也可當作增量劑，用於減肥食品中。

4. 乙二胺四乙酸(Ethylenediamine tetracetic acid; EDTA)：可與金屬類形成安定之錯鹽，當作嵌合劑或隱蔽劑。

MEMO /

作業
範例

Chapter 5

食品化學

班級：＿＿＿＿＿＿＿系(科)＿＿＿年＿＿＿班＿＿＿號

姓名：＿＿＿＿＿＿＿繳交日期：＿＿＿年＿＿月＿＿日

一、水

1. 何謂水活性(Water activity)?

＿＿＿＿＿＿＿＿＿＿＿＿＿＿＿＿＿＿＿＿＿＿＿

二、碳水化合物

1. Sucrose：

＿＿＿＿＿＿＿＿＿＿＿＿＿＿＿＿＿＿＿＿＿＿＿

(1) Sucrose is found in sugar cane and sugar beet and refined to make table sugar, brown sugar, sugar syrup, etc.

＿＿＿＿＿＿＿＿＿＿＿＿＿＿＿＿＿＿＿＿＿＿＿

＿＿＿＿＿＿＿＿＿＿＿＿＿＿＿＿＿＿＿＿＿＿＿

(2) Processed foods-whether they taste sweet or savoury-often contain sucrose.

＿＿＿＿＿＿＿＿＿＿＿＿＿＿＿＿＿＿＿＿＿＿＿

＿＿＿＿＿＿＿＿＿＿＿＿＿＿＿＿＿＿＿＿＿＿＿

(3) Chocolate, cakes and biscuits, especially, contain a lot of it.

_____

2. Lactose is the particular type of sugar found in milk and is not normally used in cooking in its pure form, milk contains about 4% lactose.

_____

_____

3. Starch is found in potatoes, pulses (e.g. peas and kidney beans), cereals and cereal products (e.g. rice, flour, bread and pasta).

_____

_____

三、油　脂

1. Fats and oils：

_____

The only difference between fats and oils is that fats are solid at room temperature whereas oils are liquid. Some oils are specially processed so that they are solid, e.g. margarines. Fats are the most concentrated source of energy.

_____

_____

_____

2. 中譯：

(1) High fat

All oils_____

Butter_____

Cream_____

Egg yolk_____

Lard and dripping_____

Most cheeses_____

Margarine_____

Most meat products_____

Most cuts of meat_____

Oily fish_____

(2) Low fat

Bread_____

Cottage cheese_____

Egg white_____

Fruit_____

Grains, e.g. rice_____

Low-fat yogurt_____

Milk (especially skimmed and semi-skimmed)_____

Poultry_____

Pulses, e.g. peas, haricot beans_____

Vegetables_____

Whitefish_____

3. 食物包含三種脂肪，中文說明：

Food containing mainly saturated fat	Food containing mainly polyunsaturated fat	Food containing mainly monounsaturated fat
butter _____	corn oil_____	groundnut oil _____
cream _____	fish _____	olive oil _____
egg yolk _____	game_____	poultry _____
hard margarines _____	most soft margarine	
lard and dripping _____	_____	
meat and meat products	nuts_____	
_____	safflower oil _____	
milk _____	soya oil_____	
most cheeses _____	sunflower oil _____	
palm and coconut oils	wild fowl _____	
_____		

四、胺基酸與蛋白質

1. The human body consists of many different cells: blood cells, brain cells, muscle cells, skin cells, etc. Protein is the basic material for cells formation. So it is very important for children while they are growing up. Even when the body has stopped growing, protein is essential so that old cells can be replaced.

_____

_____

_____

_____

_____

Adults need between 60 to 80 grams (about 3 oz) of protein per day. All natural foods contain some protein, but it is particularly concentrated in meat, fish, cheese, eggs, nuts and pulses (especially soya beans). It is best for the protein in a person's diet to come from a variety of sources, because some protein-rich foods, for example meat and cheese, also contain lot of saturated fat.

_____

_____

_____

_____

_____

_____

2. 限制胺基酸(Limiting amino acid)有哪些?

_____

五、維生素與礦物質

1. Iron：

_____

Occurs in red meat and offal, bread, shellfish and some vegetables. Essential for the production of haemoglobin, the oxygen-carrying part of blood.

_____

_____

_____

2. Calcium：

_____

Occur in milk and milk products, small fish (if the bones are eaten), bread and some cereals. Essential for healthy bones and teeth.

_____

_____

3. Phosphorus：

_____

Occurs in a wide range of foods. Essential for healthy bones and teeth.

_____

4. Sodium：

_____

Occurs in salt, bacon, ham, soy sauce and some processed foods. Essential for nerve and muscle action. Regulates body fluids.

_____

_____

5. Vitamin and the food source：

_____

(1) Vitamin A or retinol: Cheese, milk, cream, butter, margarine, eggs and liver. Also apricots and spinach. Carrots contain carotene which is converted to Vitamin A in the liver.

_____

_____

_____

(2) Vitamin B_1 or thiamine: Found in a variety of foods, but good sources are wheat germ, unroasted peanuts, roast pork, oat meal, bacon and eggs, kidney and liver.

_____

_____

_____

(3) Vitamin B_2 (contains riboflavin): Liver, kidneys, cheese, milk, eggs and yeast extracts.

_____

_____

(4) Niacin: Liver, kidneys, sardines.

_____

(5) Vitamin C or ascorbic acid: Blackcurrants, strawberries, blackberries, green peppers, cabbage, cauliflower, potatoes, brussels sprouts, oranges and lemons.

_____

_____

_____

(6) Vitamin D: Oily fish, fish oils, Margarine and eggs. It also forms in the body when the skin is exposed to sunlight.

_____

_____

MEMO

食品添加物

6-1　防腐劑(Preservatives)

　　一般用來抑制微生物生長，賦予食品貯存效果之添加物。具備下列特點：

1. 抑制引起腐敗之各種微生物。

2. 對人體完全沒有或最低的急性毒性。

3. 無色、無味、無刺激性。

4. 不會引起食品任何化學變化。

5. 具有水溶性、耐氧、光熱性，對 pH 具有抵抗性。

品　　名	使用範圍
己二烯酸　(Sorbic acid)	本品可使用於魚肉煉製品、肉製品、海膽、魚子醬、花生醬、醬菜類、水分含量 25%以上（含 25%）之蘿蔔乾、醃漬蔬菜、豆皮豆乾類及乾酪、煮熱豆、醬油、味噌、魚貝類乾製品、海藻醬類、豆腐乳、糖漬果實類、脫水水果及其他調味醬；果醬、果汁、乳酪、奶油、人造奶油、蕃茄醬、辣椒醬、濃糖果漿、調味糖漿、不含碳酸飲料、碳酸飲料及糕餅；可使用於水果酒。
己二烯酸鉀　(Potassium sorbate)	
己二烯酸鈉　(Sodium sorbate)	
己二烯酸鈣　(Calcium sorbate)	
去水醋酸　(Dehydroacetic acid)	本品可使用於乾酪、乳酪、奶油及人造奶油。
去水醋酸鈉 (Sodium dehydroacetate)	
對羥苯甲酸乙酯 (Ethyl p-hydroxybenzoate)	本品可使用於豆皮豆乾類及醬油、醋及不含碳酸飲料、鮮果及果菜之外皮。
對羥苯甲酸丙酯 (Propyl p-hydroxybenzoate)	

品　名	使用範圍
對羥苯甲酸丁酯 (Butyl p-hydroxybenzoate)	本品可使用於豆皮豆乾類及醬油、醋及不含碳酸飲料、鮮果及果菜之外皮。
對羥苯甲酸異丙酯 (Isopropyl p-hydroxybenzoate)	
對羥苯甲酸異丁酯 (Isobutyl p-hydroxybenzoate)	
苯甲酸 (Benzoic acid)	本品可使用於魚肉煉製品、肉製品、海膽、魚子醬、花生醬、乾酪、糖漬果實類、脫水水果、水分含量 25%以上（含 25%）之蘿蔔乾、煮熟豆、味噌、魚貝類乾製品、海藻醬類、豆腐乳、醬油、醬菜類、碳酸飲料、不含碳酸飲料、豆皮豆乾類、醃漬蔬菜、果醬、果汁、濃糖果漿、調味糖漿、其他調味醬、乳酪、奶油、人造奶油、蕃茄醬、辣椒醬。
苯甲酸鈉 (Sodium benzoate)	
苯甲酸鉀 (Potassium benzoate)	
聯苯 (Biphenyl)	本品限用於葡萄柚、檸檬及柑桔外敷之紙張。
乳酸鏈球菌素 (Nisin)	本品可使用於乾酪及其加工製品。
丙酸鈣 (Calcium propionate)	本品可使用於麵包與糕餅。
丙酸 (Propionic acid)	
丙酸鈉 (Sodium propionate)	
二醋酸鈉 (Sodium diacetate; Sodium hydrogen diacetate)	本品可使用於包裝烘焙食品、包裝之肉汁及調味汁、包裝之油脂、肉製品及軟糖果、包裝之點心食品、湯及湯粉。
雙十二烷基硫酸硫胺明；雙十二烷基硫酸胺 (Thiamine dilaurylsulfate)	本品可使用於醬油。
鏈黴菌素(Natamycin; Pimaricin)	本品可使用於乾酪及經醃漬、乾燥而未加熱處理之加工禽畜肉製品。

6-2　殺菌劑(Bactericides)

使用於食品，短時間可以殺死微生物的化合物。

品　名	使用範圍
氯化石灰（漂白粉）(Chlorinated lime)	本品可使用於飲用水與食品用水。
次氯酸鈉液 (Sodium hypochlorite solution)	
二氧化氯 (Chlorine dioxide)	
過氧化氫（雙氧水）(Hydrogen peroxide)	本品可使用於魚肉煉製品、除麵粉及其製品以外之其他食品。

6-3　抗氧化劑(Antioxidant)

為防止食品在加熱或乾燥時的加工過程中發生氧化所適當添加的物質。其主要目的：

1. 防止食品變色。

2. 防止油脂酸敗。

品　名	使用範圍
L-抗壞血酸（維生素 C）(L-ascorbic acid; Vitamin C)	本品可使用於各類食品。
L-抗壞血酸鈉 (Sodium L-ascorbate)	
L-抗壞血酸硬脂酸酯 (L-ascorbyl stearate)	
L-抗壞血酸棕櫚酸酯 (L-ascorbyl palmitate)	
異抗壞血酸 (Erythorbic acid)	
異抗壞血酸鈉 (Sodium erythorbate)	

品　名	使用範圍
生育醇；維生素 E (dl-α-tocopherol; Vitamin E)	本品可使用於各類食品。
L-抗壞血酸鈣　(Calcium L-ascorbate)	
混合濃縮生育醇 (Tocopherols concentrate, mixed)	
濃縮 dl-α-生育醇 (dl-α-tocopherol concentrate)	
L-半胱胺酸鹽酸鹽 (L-cysteine monohydrochloride)	本品可於麵包及果汁中視實際需要適量使用。
沒食子酸丙酯　(Propyl gallate)	本品可使用於油脂、乳酪及奶油。
癒創木樹脂　(Guaiac resin)	
第三丁基氫　(Tertiary butyl hydroquinone)	
乙烯二胺四醋酸二鈉；乙烯二胺四醋酸二鈉鈣 (EDTA Na$_2$ or EDTA CaNa$_2$)	本品可使用於為防止油脂氧化而引起變味之食品。
亞硫酸鉀　(Potassium sulfite)	本品可使用於穀類酒、啤酒（麥芽釀造)及麥芽飲料(不含酒精)。
亞硫酸鈉　(Sodium sulfite)	
亞硫酸鈉（無水）(Sodium sulfite, anhydrous)	
亞硫酸氫鈉　(Sodium bisulfite)	
低亞硫酸鈉　(Sodium hydrosulfite)	
偏亞硫酸氫鉀　(Potassium metabisulfite)	
亞硫酸氫鉀　(Potassium bisulfite)	
偏亞硫酸氫鈉　(Sodium metabisulfite)	
二丁基羥基甲苯 (Dibutyl hydroxy toluene; BHT)	本品可使用於冷凍魚貝類及冷凍鯨魚肉之浸漬液、口香糖及泡泡糖、油脂、乳酪(Butter)、奶油(Cream)、魚貝類乾製品及鹽藏品、脫水馬鈴薯片(Flakes)或粉、脫水甘薯片(Flakes)，及其他乾燥穀類早餐、馬鈴薯顆粒(Granules)。
丁基羥基甲氧苯 (Butyl hydroxy anisole; BHA)	

6-4　漂白劑(Bleaching Agents)

　　將有色物質以化學方法變為無色（或淡色）的添加物稱為漂白劑。其種類有：

1. 還原性漂白劑：如亞硫酸鹽。

2. 氧化性漂白劑：如 H_2O_2, NaClO, $Ca(ClO)_2$。

3. 脫色漂白劑：(1) 金屬螯合劑（磷酸鹽，EDTA）。

　　　　　　　(2) 離子交換樹脂。

　　　　　　　(3) 活性碳及活性白土。

4. 小麥麵粉脫色劑：如大豆粉。

品　　名	使用範圍
亞硫酸鉀　(Potassium sulfite)	本品可使用於金針乾製品、杏乾、白葡萄乾、動物膠、脫水蔬菜及其他脫水水果、糖蜜及糖飴、水果酒類之製造時使用、食用樹薯澱粉、糖漬果實類、蝦類及貝類，本品可使用於上述食品以外之其他加工食品；但飲料（不包括果汁）、麵粉及其製品（不包括烘焙食品）不得使用。
亞硫酸鈉　(Sodium sulfite)	
亞硫酸鈉（無水） (Sodium sulfite, anhydrous)	
亞硫酸氫鈉　(Sodium bisulfite)	
低亞硫酸鈉　(Sodium hydrosulfite)	
偏亞硫酸氫鉀 (Potassium metabisulfite)	
亞硫酸氫鉀　(Potassium bisulfite)	
偏亞硫酸氫鈉　(Sodium metabisulfite)	
過氧化苯甲醯　(Benzoyl peroxide)	本品可於乳清之加工過程中視實際需要適量使用，可使用於乾酪之加工。

6-5　保色劑(Color Fasting or Developing Agents)

本身不具顏色，但會協助食品保持顏色之添加物。如亞硝酸鹽類，其功能為：

1. 固定肉品顏色。

2. 抑制肉毒桿菌之生長（添加量超過 40ppm）。

3. 產生醃漬肉風味。

4. 抑制脂質氧化。

品　名	使用範圍
亞硝酸鉀　(Potassium nitrite)	本品可使用於肉製品及魚肉製品。
亞硝酸鈉　(Sodium nitrite)	
硝酸鉀　(Potassium nitrate)	
硝酸鈉　(Sodium nitrate)	

6-6　膨脹劑(Leavening Agents)

食品使用膨脹劑的方法：

1. 利用酵母醱酵法。

2. 使用發粉(Baking powder)。

3. 攪打蛋白使空氣進入的方法。

常用膨脹劑如下表所示：

品　名	使用範圍
鉀明礬　(Potassium alum)	本品可於各類食品中視實際需要適量使用。
鈉明礬　(Sodium alum)	
燒鉀明礬　(Burnt Potassium alum)	
銨明礬　(Ammonium alum)	
燒銨明礬　(Burnt ammonium alum)	
氯化銨　(Ammonium chloride)	
酒石酸氫鉀　(Potassium bitartrate)	
碳酸氫鈉　(Sodium bicarbonate)	
碳酸銨　(Ammonium carbonate)	
碳酸氫銨　(Ammonium bicarbonate)	
碳酸鉀　(Potassium carbonate)	
合成膨脹劑　(Baking powder)	
酸式磷酸鋁鈉　(Sodium aluminum phosphate, acidic)	
燒鈉明礬　(Burnt sodium alum)	

6-7　品質改良用、釀造用及食品製造用劑

可用來改良食品品質之添加物稱為品質改良劑，其可包括乳化劑、安定劑、結著劑、黏稠劑、膠化劑等食品添加物。

品　名	使用範圍
氯化鈣　(Calcium chloride)	本品可使用於各類食品。
氫氧化鈣　(Calcium hydroxide)	
硫酸鈣　(Calcium sulfate)	
葡萄糖酸鈣　(Calcium gluconate)	

品　名	使用範圍
檸檬酸鈣　(Calcium citrate)	
磷酸二氫鈣　(Calcium phosphate, monobasic)	
磷酸氫鈣　(Calcium phosphate, dibasic)	
磷酸氫鈣（無水） (Calcium phosphate, dibasic, anhydrous)	
磷酸鈣　(Calcium phosphate, tribasic)	
酸性焦磷酸鈣　(Calcium dihydrogen pyrophosphate)	
甘油醇磷酸鈣　(Calcium glycero-phosphate)	
乳酸鈣　(Calcium lactate)	
硬脂酸乳酸鈣　(Calcium stearoyl lactylate)	
碳酸鎂　(Magnesium carbonate)	
磷酸二氫銨　(Ammonium phosphate, monobasic)	
磷酸氫二銨　(Ammonium phosphate dibasic)	
磷酸二氫鉀　(Potassium phosphate monobasic)	本品可使用於各類
磷酸氫二鉀　(Potassium phosphate, dibasic)	食品。
磷酸鉀　(Potassium phosphate, tribasic)	
磷酸二氫鈉　(Sodium phosphate, monobasic)	
磷酸二氫鈉（無水） (Sodium phosphate, monobasic, anhydrous)	
磷酸氫二鈉　(Sodium phosphate, dibasic)	
磷酸氫二鈉（無水） (Sodium phosphate, dibasic, anhydrous)	
磷酸鈉　(Sodium phosphate, tribasic)	
磷酸鈉（無水）Sodium Phosphate, Tribasic, Anhydrous)	
偏磷酸鉀　(Potassium metaphosphate)	
偏磷酸鈉　(Sodium metaphosphate)	
多磷酸鉀　(Potassium polyphosphate)	
多磷酸鈉　(Sodium polyphosphate)	

品　名	使用範圍
二氧化矽　(Silicon dioxide)	本品可使用於各類食品。
氧化鈣　(Calcium oxide)	
珍珠岩粉　(Perlite)	
酸性焦磷酸鈉　(Disodium dihydrogen pyrophosphate)	
焦磷酸鉀　(Potassium pyrophosphate)	
焦磷酸鈉　(Sodium pyrophosphate)	
焦磷酸鈉（無水） (Sodium pyrophosphate, anhydrous)	
無水氯化鈣　(Calcium chloride, anhydrous)	
碳酸銨　(Ammonium carbonate)	本品可於各類食品中視實際需要適量使用。
碳酸鉀　(Potassium carbonate)	
碳酸鈉、無水碳酸鈉 (Sodium carbonate; Sodium carbonate, anhydrous)	
硫酸銨　(Ammonium sulfate)	
硫酸鈉　(Sodium sulfate)	
硬脂酸鎂　(Magnesium stearate)	
硫酸鎂　(Magnesium sulfate)	
氯化鎂　(Magnesium chloride)	
醋酸鈉；醋酸鈉（無水） (Sodium acetate; Sodium acetate, anhydrous)	
甘油　(Glycerol)	
乳酸硬脂酸鈉　(Sodium stearyl 2- lactylate)	
皂土　(Bentonite)	
矽酸鋁　(Aluminum silicate)	
矽藻土　(Diatomaceous earth)	
白陶土　(Kaolin)	
矽鋁酸鈉　(Sodium silico-aluminate)	
碳酸氫鉀　(Potassium bicarbonate)	

品　名	使用範圍
硬脂酸 (Stearic acid)	本品可於各類食品中視實際需要適量使用。
己二酸 (Adipic acid)	
硫酸鋁 (Aluminum sulfate)	
硬脂酸鈉 (Sodium stearate)	
硬脂酸鉀 (Potassium stearate)	
羥丙基纖維素 (Hydroxypropyl cellulose)	
羥丙基甲基纖維素(Hydroxypropyl methylcellulose) (Propylene glycol ether of methylcellulose)	
聚糊精 (Polydextrose)	
滑石粉 (Talc)	本品可使用於各類食品，但口香糖及泡泡糖僅使用滑石粉而未同時使用皂土、矽酸鋁、矽藻土及白陶土時使用限量為 50g/kg 以下。
L-半胱胺酸鹽酸鹽 (L-cysteine monohydrochloride)	本品可於麵包與果汁中視實際需要適量使用。
酸性白土（活性白土）(Acid clay; Active clay)	本品可使用於油脂之精製。
矽酸鈣 (Calcium silicate)	本品可使用於合成膨脹劑或其他食品。
乙烯二胺四醋酸二鈉；乙烯二胺四醋酸二鈉鈣 (EDTA Na$_2$ or EDTA CaNa$_2$)	本品可使用於非酒精性飲料、熱殺菌包裝食品、乳化食品、複合維生素調製品及防止褐變之食品。

品　名	使用範圍
木松香甘油酯　(Glycerol ester of wood rosin)	本品可於口香糖與泡泡糖中視實際需要適量使用，可使用於飲料加工用之柑桔油。
石油蠟　(Petroleum wax)	本品可於口香糖與泡泡糖中視實際需要適量使用，可使用於香辛料微囊。
米糠蠟　(Rice bran wax)	本品可於口香糖與泡泡糖中視實際需要適量使用，可使用於糖果及鮮果菜。
亞鐵氰化鈉　(Sodium ferrocyanide)	本品可使用於食鹽。
碳酸鈣　(Calcium carbonate)	本品可於口香糖與糖或其以外之其他食品中視實際需要適量使用。
食用石膏　(Food gypsum)	本品可使用於豆花、豆腐及其製品。
棕櫚蠟　(Carnauba wax)	本品可於糖果中視實際需要適量使用。
三偏磷酸鈉　(Sodium trimetaphosphate)	本品可使用於米製品、澱粉製品及麵粉製品。
尿素；胺甲醯胺　(Urea carbamide)	本品可使用於口香糖或泡泡糖。
偶氮二甲醯胺　(Azodicarbonamide)	本品可使用於麵粉。
過氧化苯甲醯　(Benzoyl peroxide)	

6-8 營養添加劑(Nutritional Enriching Agents)

在加工調理、保存過程中因損失之營養素而需加以補充所添加物質，如添加胺基酸類、維生素類與礦物質類。其功能有：

1. 補充食品本身不足之營養。

2. 在加工精製過程中，補充損失之營養素。

3. 因應特殊病患達成食療效果。

4. 使身體強壯達成預防疾病、延續生命之目的。

品　　名	使用範圍
維生素 A 粉末 (Dry formed vitamin A)	
維生素 A 油溶液 (Vitamin A oil)	
維生素 A 脂肪酸酯油溶液 (Vitamin A fatty acid ester, in Oil)	
鹽酸硫胺明（維生素 B_1，鹽酸胺　） (Thiamine hydrochloride)	
硝酸硫胺明；硝酸噻胺 (Thiamine mononitrate)	在一次食用量中，其總含量不得高於我國每日營養素建議攝取量 150%。
二苯甲醯噻胺(Dibenzoyl thiamine)	
二苯甲醯噻胺鹽酸鹽 (Dibenzoyl thiamine hydrochloride)	
核黃素；維生素 B_2 (Riboflavin)	
核黃素磷酸鈉 (Riboflavin phosphate, sodium)	
鹽酸吡哆辛維生素 B_6 (Pyridoxine hydrochloride)	
氰鈷胺明維生素 B_{12} (Cyanocobalamin; Vitamin B_{12})	

品　名	使用範圍
抗壞血酸維生素 C (Ascorbic acid; Vitamin C)	
抗壞血酸鈉　(Sodium ascorbate)	
L-抗壞血酸硬脂酸酯　(L-ascorbyl stearate)	
L-抗壞血酸棕櫚酸酯　(L-ascorbyl palmitate)	
鈣化醇；維生素 D_2 (Calciferol; Vitamin D_2)、維生素 D_3 (Cholecalciferol ; Vitamin D_3)	
生育醇；維生素 E (dl-α-tocopherol; Vitamin E)	
（高阿爾發類）混合濃縮生育醇 (Tocopherols concentrate mixed, High-α-type)	
濃縮 dl-α-生育醇　(dl-α-tocopherol concentrate)	
醋酸 dl-α-生育醇酯　(dl-α-tocopheryl acetate)	在一次食用量中，其總含量不得高於我國每日營養素建議攝取量 150%。
濃縮醋酸 d-α-生育醇酯 (d-α-tocopheryl acetate concentrate)	
酸式丁二酸 d-α-生育醇酯 (d-α-tocopheryl acid succinate)	
菸鹼酸　(Nicotinic acid)	
菸鹼醯胺　(Nicotinamide)	
葉酸　(Folic acid)	
抗壞血酸鈣　(Calcium ascorbate)	
氧化鈣　(Calcium oxide)	
碳酸鈣　(Calcium carbonate)	
還原鐵　(Iron, reduced)	
焦磷酸鐵 (Ferric pyrophosphate; Iron pyrophosphate)	

品　名	使用範圍
羰基鐵　(Iron, Carbonyl)	在一次食用量中，其總含量不得高於我國每日營養素建議攝取量150%。
電解鐵　(Iron, Electrolytic)	
檸檬酸鐵銨　(Ferric ammonium citrate)	
氯化鐵　(Ferric chloride)	
檸檬酸鐵　(Ferric citrate)	
硫酸亞鐵　(Ferrous sulfate)	
乳酸亞鐵　(Ferrous lactate)	
琥珀酸檸檬酸鐵鈉 (Iron and sodium succinate citrate)	
磷酸二氫鈣　(Calcium phosphate, monobasic)	
磷酸氫鈣　(Calcium phosphate, dibasic)	
磷酸氫鈣（無水） (Calcium phosphate, dibasic, anhydrous)	
磷酸鈣　(Calcium phosphate, tribasic)	
乳酸鐵　(Iron lactate)	
乳酸鈣　(Calcium lactate)	
葡萄糖乳酸鈣　(Calcium gluconolactate)	
磷酸鐵　(Ferric phosphate)	
葡萄糖酸亞鐵　(Ferrous gluconate)	
丁烯二酸亞鐵　(Ferrous fumarate)	
維生素 K_3 (Menadione; Vitamin K_3)	本品可使用於一般食品中以補充不足之營養素、嬰兒（輔助）食品中以補充不足之營養素。
硫酸鎂　(Magnesium sulfate)	
硫酸鋅　(Zinc sulfate)	
氯化鋅　(Zinc chloride)	
葡萄糖酸鋅　(Zinc gluconate)	

品　名	使用範圍
氧化鋅　(Zinc oxide)	本品可使用於一般食品中以補充不足之營養素、嬰兒（輔助）食品中以補充不足之營養素。
硬脂酸鋅　(Zinc stearate)	
硫酸銅　(Copper sulfate)	
葡萄糖酸銅　(Copper gluconate)	
氧化鎂　(Magnesium oxide)	
磷酸鎂(Magnesium phosphate, dibasic or tribasic)	
氯化錳　(Manganese chloride)	
檸檬酸錳　(Manganese citrate)	
葡萄糖酸錳　(Manganese gluconate)	
甘油磷酸錳　(Manganese glycerophosphate)	
硫酸錳　(Manganese sulfate)	
氧化亞鐵　(Manganous oxide)	
碘化鉀　(Potassium iodide)	本品可使用於食鹽。其他食品中以補充不足之營養素。
碘酸鉀　(Potassium iodate)	
甲基柑果；維生素 P (Methyl hesperidin)	本品可於各類食品中視實際需要適量使用。
亞麻油二烯酸甘油酯　(Triglyceryl linoleate)	
鹽酸 L-組織胺酸 (L-Histidine mono-hydrochloride)	
L-異白胺酸　(L-isoleucine)	
DL-色胺酸　(DL-tryptophan)	
L-色胺酸　(L-tryptophan)	
L-α 胺基異戊酸　(L-valine)	
L-二胺基己酸　(L-lysine)	
L-麩酸酯　(L-glutamate)	

品　名	使用範圍
鹽酸 L-二胺基己酸(L-lysine mono-hydrochloride)	
DL-甲硫胺酸 (DL-methionine)	
L-甲硫胺酸 (L-methionine)	
L-苯丙胺酸 (L-phenylalanine)	
DL-羥丁胺酸 (DL-threonine)	
L-羥丁胺酸 (L-threonine)	
生物素 (Biotin)	
本多酸鈉 (Sodium pantothenate)	
本多酸鈣 (Calcium pantothenate)	
氯化鉀 (Potassium chloride)	
肌醇 (Inositol)	
重酒石酸膽 (Choline bitartrate)	本品可於各類食品中視實際需要適量使用。
氯化膽 (Choline chloride)	
維生素 K_1 (Phylloquinone; Vitamin K_1)	
維生素 K_2 (Menaquinone; Vitamin K_2)	
牛磺酸 (Taurine)	
L-精胺酸 (L-arginine)	
L-天冬胺酸 (L-aspartic acid)	
麩醯胺酸 (L-glutamine)	
L-白胺酸 (L-leucine)	
L-脯胺酸 (L-proline)	
L-絲胺酸 (L-serine)	
L-酪胺酸 (L-tyrosine)	

品　名	使用範圍
L-肉酸　(L-carnitine)	
L-醋酸精胺酸　(L-arginine acetate)	
DL-天門冬酸　(DL-aspartic acid)	
DL-白胺酸　(DL-leucine)	
DL-絲胺酸　(DL-serine)	
L-胱胺酸　(L-cystine)	
L-醋酸離胺酸　(L-lysine acetate)	
醋酸鋅　(Zinc acetate)	
檸檬酸銅　(Cupric citrate)	
葡萄糖酸鎂　(Magnesium gluconate)	本品可於特殊營養食
氫氧化鎂　(Magnesium hydroxide)	品中視實際需要適量
醋酸鉻　(Chromic acetate monohydrate)	使用。
鉬酸鈉（無水）(Sodium molybdate, anhydrous)	
亞硒酸鈉　(Sodium selenite)	
脂肪酸磷酸鈉　(Sodium glycerophosphate)	
乳酮糖　(Lactulose)	
乳鐵蛋白　(Lactoferrin)	
硒酸鈉　(Sodium selenate)	
L-丙胺酸　(L-alanine)	
L-天冬醯胺酸　(L-asparagine)	
L-組胺酸　(L-histidine)	

6-9　著色劑

係指為使產品顏色均一、加強食品魅力、增加食慾而添加於食品之物質。

品　名	使用範圍
食用紅色六號 (Cochineal red A; New coccin）	
食用紅色七號 (Erythrosine)	
食用紅色七號鋁麗基(Erythrosine aluminum lake)	
食用黃色四號 (Tartrazine)	
食用黃色四號鋁麗基 (Tartrazine aluminum lake)	
食用黃色五號 (Sunset yellow FCF)	
食用黃色五號鋁麗基 (Sunset yellow FCF aluminum lake)	
食用綠色三號 (Fast green FCF)	
食用綠色三號鋁麗基 (Fast green FCF aluminum lake)	本品可於各類食品中視實際需要適量使用。
食用藍色一號 (Brilliant Blue FCF)	
食用藍色一號鋁麗基 (Brilliant blue FCF aluminum lake)	
食用藍色二號 (Indigo carmine)	
食用藍色二號鋁麗基 (Indigo carmine aluminum lake)	
β-胡蘿蔔素 (β- carotene)	
β-衍-8'-胡蘿蔔醛 (β-apo-8'-carotenal)	
β-衍-8'-胡蘿蔔酸乙酯 (β-apo-8'-caro-tenoat, ethyl)	
4-4'-二酮-β-胡蘿蔔素 (Canthaxanthin)	
蟲漆酸 (Laccaic acid)	

品　名	使用範圍
鐵葉綠素鈉　(Sodium iron chlorophyllin)	本品可於各類食品中視實際需要適量使用。
氧化鐵　(Iron oxides)	
食用紅色四十號　(Allura red AC)	
二氧化鈦　(Titanium dioxide)	
食用紅色四十號鋁麗基 (Allura red AC aluminum lake)	
銅葉綠素　(Copper chlorophyll)	本品可使用於口香糖與泡泡糖。
銅葉綠素鈉　(Sodium copper chlorophyllin)	本品可使用於乾海帶、口香糖及泡泡糖、蔬菜與水果之貯藏品。
核黃素；維生素 B_2 (Riboflavin)	本品可使用於嬰兒食品與飲料、營養麵粉及其他食品。
核黃素磷酸鈉　(Riboflavin phosphate, Sodium)	

6-10　香　料

　　包括天然香料如植物之根、莖、葉、花、果實、種子、種皮等或動物分泌物（麝香）等。

　　一般由嗅覺感知的物質，使用於食品上，使其具有芳香者稱為香料。

品　名	使用範圍
乙酸乙酯　(Ethyl acetate)	本品可於各類食品中視實際需要適量使用。
乙酸丁酯　(Butyl acetate)	
乙酸苯酯　(Benzyl acetate)	
乙酸苯乙酯　(Phenylethyl acetate)	
乙酸松油腦酯　(Terpinyl acetate)	

品　名	使用範圍
乙酸桂皮酯 (Cinnamyl acetate)	
乙酸香葉草酯 (Geranyl acetate)	
乙酸香茅酯 (Citronellyl acetate)	
乙酸沈香油酯 (Linalyl acetate)	
乙酸異戊酯 (Isoamyl acetate)	
乙酸環己酯 (Cyclohexyl acetate)	
乙酸 l-薄荷酯 (l-Menthyl acetate)	
乙基香莢蘭醛 (Ethyl vanillin)	
乙醯乙酸乙酯 (Ethyl acetoacetate)	
丁香醇 (Eugenol)	
丁酸 (Butyric acid)	
丁酸乙酯 (Ethyl butyrate)	
丁酸丁酯 (Butyl butyrate)	本品可於各類食品中視實
丁酸異戊酯 (Isoamyl butyrate)	際需要適量使用。
丁酸環己酯 (Cyclohexyl butyrate)	
十一酸內酯 (Undecalactone)	
大茴香醛 (Anisaldehyde)	
己酸乙酯 (Ethyl caproate)	
己酸丙烯酯 (Allyl caproate)	
壬酸內酯 (Nonalactone)	
甲酸香葉草酯 (Geranyl formate)	
甲酸異戊酯 (Isoamyl formate)	
甲酸香茅酯 (Citronellyl formate)	
水楊酸甲酯；冬綠油 (Methyl salicylate)	
丙酸乙酯 (Ethyl propionate)	
丙酸苯酯 (Benzyl propionate)	

品　名	使用範圍
丙酸異戊酯　(Isoamyl propionate)	
甲基 β -荼酮　(Methyl β -Naphthyl ketone)	
N-甲基胺基苯甲酸甲酯 (Methyl-N-methyl anthranilate)	
向日花香醛　(Piperonal; Heliotropin)	
庚酸乙酯　(Ethyl oenanthate)	
辛醛　(Octyl aldehyde)	
辛酸乙酯　(Ethyl caprylate)	
沈香醇　(Linalool)	
苯甲醇　(Benzyl alcohol)	
苯甲醛　(Benzaldehyde)	
苯乙酮　(Acetophenone)	
苯乙酸乙酯　(Ethyl phenyl acetate)	本品可於各類食品中視實
苯乙酸異丁酯　(Isobutyl phenyl acetate)	際需要適量使用。
苯乙酸異戊酯　(Isoamyl phenyl acetate)	
香茅醇　(Citronellol)	
香茅醛　(Citronellal)	
香葉草醇　(Geraniol)	
香莢蘭醛　(Vanillin)	
桂皮醛　(Cinnamic aldehyde)	
桂皮醇　(Cinnamyl alcohol)	
桂皮酸　(Cinnamic acid)	
桂皮酸甲酯　(Methyl cinnamate)	
桂皮酸乙酯　(Ethyl cinnamate)	
癸醛　(Decyl aldehyde)	
癸醇　(Decyl alcohol)	

品　　名	使用範圍
桉葉油精　(Eucalyptol; cincol)	
異丁香醇　(Isoeugenol)	
異戊酸乙酯　(Ethyl isovalerate)	
異戊酸異戊酯　(Isoamyl isovalerate)	
異硫氰酸丙烯酯　(Allyl isothiocyanate)	
麥芽醇　(Maltol)	
乙基麥芽醇　(Ethyl maltol)	
胺基苯甲酸甲酯　(Methyl anthranilate)	
羥香茅醛　(Hydroxy citronellal)	
羥香茅二甲縮醛 (Hydroxy citronellal dimethyl acetal)	
l-紫蘇醛　(l-Perillaldehyde)	
紫羅蘭酮　(Ionone)	本品可於各類食品中視實
對甲基苯乙酮　(p-Methyl acetophenone)	際需要適量使用。
dl-薄荷腦　(dl-menthol)	
l-薄荷腦　(l-menthol)	
α-戊基桂皮醛　(α-amyl cinnamic aldehyde)	
檸檬油醛　(Citral)	
環己丙酸丙烯酯 (Allyl cyclohexyl propionate)	
d-龍腦　(d-borneol)	
安息香　(Benzoin)	
酯類　(Esters)	
醚類　(Ethers)	
酮類　(Ketones)	
脂肪酸類　(Fatty acids)	

品　名	使用範圍
高級脂肪族醇類　(Higher aliphatic alcohols)	
高級脂肪族醛類　(Higher aliphatic aldehydes)	
高級脂肪族碳氫化合物類 (Higher aliphatic hydrocarbons)	
硫醇類　(Thioalcohols)	本品可於各類食品中視實
硫醚類　(Thioethers)	際需要適量使用。
酚類　(Phenols)	
芳香族醇類　(Aromatic alcohols)	
芳香族醛類　(Aromatic aldehydes)	
內酯類　(Lactones)	
L-半胱胺酸鹽酸鹽 (L-cysteine monohydrochloride)	
松蕈酸　(Agaric acid)	
蘆薈素　(Aloin)	
β-杜衡精　(β-asarone)	
小檗鹼　(Berberine)	
古柯鹼　(Cocaine)	
香豆素　(Coumarin)	
總氫氰酸　(Total hydrocyanic acid)	本品適於飲料。
海棠素　(Hypericine)	
蒲勒酮　(Pulegone)	
苦木素　(Quassine)	
奎寧　(Quinine)	
黃樟素　(Safrole)	
山道年　(Santonin)	
苦艾腦（α與β）(Thujones,　α and β）	

6-11　調味劑

不含苦味在內的酸味、甜味、鹹味及鮮味物質，以單獨或混合方式添加食品，使之形成良好之風味。

品　名	使用範圍
L-天門冬酸鈉　(Monosodium L-aspartate)	
反丁烯二酸　(Fumaric acid)	
反丁烯二酸一鈉　(Monosodium fumarate)	
檸檬酸　(Citric acid)	
檸檬酸鈉　(Sodium citrate)	
琥珀酸　(Succinic acid)	
琥珀酸一鈉　(Monosodium succinate)	
琥珀酸二鈉　(Disodium succinate)	
L-麩酸　(L-glutamic acid)	
L-麩酸鈉　(Monosodium L-glutamate)	
酒石酸　(Tartaric acid)	本品可於各類食品中視實際需要適量使用。
D&DL-酒石酸鈉　(D&DL-sodium tartrate)	
乳酸　(Lactic acid)	
乳酸鈉　(Sodium lactate)	
乳酸鈉液　(Sodium lactate solution)	
醋酸　(Acetic acid)	
冰醋酸　(Acetic acid glacial)	
DL-蘋果酸；羥基丁二酸 (DL-malic acid; Hydroxysuccinic acid)	
DL-蘋果酸鈉　(Sodium DL-malate)	
葡萄糖酸　(Gluconic acid)	
葡萄糖酸鈉　(Sodium gluconate)	

品　名	使用範圍
葡萄糖酸液 (Gluconic acid solution)	本品可於各類食品中視實際需要適量使用。
葡萄糖酸-δ內酯 (Glucono-δ-lactone)	
胺基乙酸 (Glycine)	
DL-胺基丙酸 (DL-alanine)	
5'-次黃嘌呤核苷磷酸二鈉 (Sodium 5'-Inosinate)	
5'-鳥嘌呤核苷磷酸二鈉 (Sodium 5'-guanylate)	
氯化鉀 (Potassium chloride)	
檸檬酸鉀 (Potassium chloride)	
甘草素 (Glycyrrhizin)	
甘草酸鈉 (Trisodium glycyrrhizinate)	
阿斯巴甜 (Aspartame)	
甘草萃 (Licorice extracts)	
5'-核糖核苷酸鈣 (Calcium 5'-ribonucleotide)	
甘草酸銨 (Ammonium glycyrrhizinate)	
甘草酸一銨 (Monoammonium glycyrrhizinate)	
赤藻糖醇 (Erythritol)	
D-山梨醇 (D-sorbitol)	本品可使用於飲料；其他各類食品中視實際需要適量使用。
D-山梨醇液 70% (D-Sorbitol solution 70%)	
D-木糖醇 (D-xylitol)	
D-甘露醇 (D-mannitol)	
麥芽糖醇 (Maltitol)	
麥芽糖醇糖漿；氫化葡萄糖漿 (Maltitol Syrup; Hydrogenated glucose syrup)	
異麥芽酮糖醇；巴糖醇 (Isomalt; Hydrogenated palatinose)	
乳糖醇 (Lactitol)	

品　名	使用範圍
糖精　(Saccharin)	本品可使用於瓜子及水分含量 25%以下之蜜餞、碳酸飲料、代糖錠劑與粉末、特殊營養食品。
糖精鈉鹽　(Saccharin sodium)	
環己基（代）磺醯胺酸鈉　(Sodium cyclamate)	
環己基（代）磺醯胺酸鈣　(Calcium cyclamate)	
甜菊萃　(Stevia extract)	
索馬甜　(Thaumatin)	本品可使用於口香糖與泡泡糖。
磷酸　(Phosphoric acid)	本品可使用於可樂飲料。
咖啡因　(Caffeine)	
醋磺內酯鉀　(Acesulfame potassium)	本品可於瓜子、蜜餞、碳酸飲料、非碳酸飲料、粉末飲料、糖果（含口香糖、泡泡糖）、穀類早餐、可咀嚼之營養補充製劑、即食果凍及布丁、醱酵乳及其製品、冰淇淋、含乳或非含乳之冷凍甜點、糕餅內餡、果醬、濃糖果醬及水果甜點配料、醬油、醃製蔬菜、醬菜、調味醬、醋中視實際需要適量使用。本品可使用於代糖錠劑及粉末、特殊營養食品。

6-12　黏稠劑（糊料）

　　具有膠體狀之物質使用於食品時，具有滑性及黏性，可作為分散安定劑、結著劑及保水劑，亦可作為包覆劑用。

品　　　名	使用範圍
海藻酸鈉(Sodium alginate)	本品可使用於各類食品。
海藻酸丙二醇(Propylene glycol alginate)	
羧甲基纖維素鈉(Sodium carboxymethyl cellulose)	
羧甲基纖維素鈣(Calcium carboxymethyl cellulose)	
食用化製澱粉(Food starch, modified)	
甲基纖維素(Methyl cellulose)	
多丙烯酸鈉(Sodium polyacrylate)	
乾酪素(Casein)	本品可於各類食品中視實際需要適量使用。
乾酪素鈉(Sodium caseinate)	
乾酪素鈣(Calcium caseinate)	
鹿角菜膠(Carrageenan)	
玉米糖膠(Xanthan gum)	
海藻酸(Alginic acid)	
海藻酸鉀(Potassium alginate/algin)	
海藻酸鈣(Calcium alginate/algin)	
海藻酸銨(Ammonium alginate/algin)	
羥丙基纖維素(Hydroxypropyl cellulose)	
羥丙基甲基纖維素(Hydroxypropyl methylcellulose; Propylene glycol ether of methylcellulose)	
聚糊精(Polydextrose)	
卡德蘭熱凝膠(Curdlan)	
結蘭膠(Gellan gum)	

6-13　結著劑

　　使食品尤其是食肉、魚肉等肉製品具有黏彈性、保水性、防止變色及油脂性混合等功效。而添加之物質主要以磷酸鹽居多。

　　用途包括：

1. 調整 pH 值。

2. 作為金屬離子螯合劑。

3. 增加乳化安定性、保水性。

4. 可作為抗氧化物質。

5. 防止結塊作用。

6. 抑菌作用。

7. 蛋白質因鹽溶性而析出作用。

品　　名	使用範圍
焦磷酸鉀(Potassium pyrophosphate)	本品可使用於肉製品及魚肉煉製品。
焦磷酸鈉(Sodium pyrophosphate)	
焦磷酸鈉無水 (Sodium pyrophosphate, anhydrous)	
多磷酸鉀(Potassium polyphosphate)	
多磷酸鈉(Sodium polyphosphate)	
偏磷酸鉀(Potassium metaphosphate)	
偏磷酸鈉(Sodium metaphosphate)	
磷酸二氫鉀(Potassium phosphate, monobasic)	
磷酸二氫鈉(Sodium phosphate, monobasic)	
磷酸二氫鈉（無水） (Sodium phosphate, monobasic , anhydrous)	

品　名	使用範圍
磷酸氫二鉀(Potassium phosphate, dibasic)	本品可使用於肉製品及魚肉煉製品。
磷酸氫二鈉(Sodium phosphate, dibasic)	
磷酸氫二鈉（無水） Sodium phosphate, dibasic, anhydrous)	
磷酸鉀(Potassium phosphate, tribasic)	
磷酸鈉(Sodium phosphate, tribasic)	
磷酸鈉（無水） (Sodium phosphate, tribasic , anhydrous)	

6-14　食品工業用化學藥品

品　名	使用範圍
氫氧化鈉(Sodium hydroxide)	本品可於各類食品中視實際需要適量使用。
氫氧化鉀(Potassium hydroxide)	
氫氧化鈉溶液(Sodium hydroxide solution)	
氫氧化鉀溶液(Potassium hydroxide solution)	
鹽酸(Hydrochloric acid)	
硫酸(Sulfuric acid)	
草酸(Oxalic acid)	
離子交換樹脂(Ion-exchange resin)	
碳酸鉀(Potassium carbonate)	
碳酸鈉（無水）(Sodium carbonate, anhydrous)	

6-15　溶　劑

品　名	使用範圍
丙二醇(Propylene glycol) 甘油(Glycerol)	本品可於各類食品中視實際需要適量使用。
己烷(Hexane)	本品可使用於食用油脂之萃取；可視實際需要適量使用，但油脂產品中不得殘留。可使用於香辛料精油之萃取、啤酒花之成分萃取。
異丙醇(Isopropyl alcohol; 2-Propanol; Isopropanol)	本品可使用於香辛料精油樹脂、檸檬油、啤酒花抽出物。
丙酮(Acetone)	本品可使用於香辛料精油之萃取。其他各類食品中視實際需要適量使用，但最終產品中不得殘留。
乙酸乙酯(Ethyl acetate)	本品可使用於食用天然色素之萃取；但最終產品中不得殘留。

6-16　乳化劑

　　本身具親水及親油基，將互不相溶之二種液體表面張力降低，使一種液體可以均勻分散於另一種液體中。成為細粒懸浮液稱為乳化，而添加之物質稱為乳化劑。

品　名	使用範圍
脂肪酸甘油酯 Glycerin fatty acid ester (Mono-and diglycerides)	本品可於各類食品中視實際需要適量使用。
脂肪酸蔗糖酯　(Sucrose fatty acid ester)	
脂肪酸山梨醇酐酯　(Sorbitan fatty acid ester)	
脂肪酸丙二醇酯　(Propylene glycol fatty acid ester)	
單及雙脂肪酸甘油二乙醯酒石酸酯(DATEM) (Diacetyl Tartaric Acid Esters of Mono-and Diglycerides)	

品　名	使用範圍
鹼式磷酸鋁鈉　(Sodium aluminum phosphate, basic)	
聚山梨醇酐脂肪酸酯二十　(Polysorbate 20)	
聚山梨醇酐脂肪酸酯六十　(Polysorbate 60)	
聚山梨醇酐脂肪酸酯六十五　(Polysorbate 65)	
聚山梨醇酐脂肪酸酯八十　(Polysorbate 80)	
羥丙基纖維素　(Hydroxypropyl cellulose)	
羥丙基甲基纖維　(Propylene glycol ether of methyl-cellulose; Hydroxypropyl methyl-cellulose)	
檸檬酸甘油酯　(Mono- and diglycerides, citrated)	
酒石酸甘油酯　(Mono- and diglycerides, tartarted)	
乳酸甘油酯　(Mono- and diglycerides, lactated)	本品可於各類食品中視實際需要適量使用。
乙氧基甘油酯　(Mono- and Diglycerides, ethoxylated)	
磷酸甘油酯(Mono-and diglycerides, Monosodium phosphate derivatives)	
琥珀酸甘油酯　(Succinylated mono-glycerides; SMG)	
脂肪酸聚合甘油酯　(Polyglycerol esters of fatty acids)	
交酯化蓖麻酸聚合甘油酯 (Polyglycerol esters of interesterified ricinoleic acids)	
乳酸硬脂酸鈉　(Sodium stearyl-2-Lactylate; SSL)	
乳酸硬脂酸鈣　(Calcium stearyl-2-Lactylate; CSL)	
脂肪酸鹽類　(Salts of fatty acids)	
聚氧化乙烯(20)山梨醇酐單棕櫚酸酯；聚山梨醇酐脂肪酸酯(40) (Polyoxyethylene(20)sorbitan monopalmitate; Polysorbate (40))	
聚氧化乙烯(20)山梨醇酐單硬脂酸酯　(Polyoxyethylene (20) sorbitan monostearate)	
聚氧化乙烯(20)山梨醇酐三硬脂酸酯 (Polyoxyethylene (20)sorbitan tristearate)	

6-17 其 他

品　名	使用範圍
胡椒基丁醚 (Piperonyl butoxide)	本品可使用於穀類及豆類。
醋酸聚乙烯樹脂 (Polyvinyl acetate)	本品限果實及果菜之表皮被膜用；可視實際需要適量使用。
矽樹脂 (Silicon resin)	本品可使用於各類食品。
矽藻土 (Diatomaceous earth)	
液態石蠟（礦物油）Liquid paraffin (Mineral oil)	
酶製劑 (Enzyme product)	本品可於各類食品中視實際需要適量使用。
蟲膠 (Shellac)	
油酸鈉 (Sodium oleate)	本品限果實及果菜之表皮被膜用；可視實際需要適量使用。
羥乙烯高級脂肪族醇 (Oxyethylene higher aliphatic alcohol)	
石油蠟 (Petroleum wax)	本品可於口香糖及泡泡糖、果實、果菜、乾酪及殼蛋中視實際需要適量使用。
合成石油蠟 (Petroleum wax, synthetic)	
聚乙二醇 (Polyethylene glycol 200-9500)	本品限於錠劑、膠囊食品中使用；可視實際需要適量使用。
單寧酸 (Polygalloyl glucose, tannic acid)	本品可使用於酒精飲料、非酒精飲料。

MEMO

作業範例

Chapter 6

食品添加物

班級：＿＿＿＿＿＿＿系(科)＿＿＿年＿＿＿＿班＿＿＿號
姓名：＿＿＿＿＿＿＿繳交日期：＿＿＿年＿＿月＿＿日

(Joint FAO/WHO Food Codex Alimentarius Commission)

「Food additive」means any used as a typical ingredient of the food, whether or not it has nutritive value, the intentional addition of which to food for a technological (including organoleptic)purpose in the manufacture, processing, preparation, treatment, packing, packaging, transport or holding of such food results, or may be reasonably expected to result (directly or indirectly)in it or its by–products becoming a component or otherwise affecting the characteristics of such foods. The term does not include 「contaminants」or substances added to food for maintaining or improving nutritional qualities.

食品包裝

7-1 食品包裝材料的種類

一、包裝材料分類

主要分為非塑膠材料與塑膠材料兩大類，如下表：

非塑膠材料	紙(Paper)	一般紙杯、紙箱(Cardboard cases)
		Pure pack
		Tetra pack
		保久乳(Long life milk)包裝用紙
	玻璃(Glass)	
	琺瑯、陶瓷(Ceramics)	
	金屬(metal)	三片罐(Three-piece can)
		兩片罐(Two-piece can)
		馬口鐵罐(Tin plate can)
塑膠材料	聚乙烯(Polyethylene; PE)	低密度聚乙烯(Low density polyethylene; LDPE)
		中密度聚乙烯(Medium density polyethylene; MDPE)
		高密度聚乙烯(High density polyethylene; HDPE)
	聚氯乙烯(Polyvinyl chloride; PVC)	
	聚偏二氯乙烯(Polyvinylidene chloride; PVDC)	
	聚丙烯(Polypropylene; PP)	
塑膠材料	聚苯乙烯(Polystyrene; PS)	
	聚酯(Polyethylene terephthalate; PET)	
	聚醯胺（尼龍）(Polyamide or nylon; PA)	
	合成樹脂	尿素樹脂(Urea resin)
		酚樹脂(Phenol resin)
		美耐皿樹脂(Melamine resin)
		ABS 樹脂(Acrylonitrile butadiene styrene resin)

二、名詞解釋

1. 紙類(Paper)：

   (1) 一般紙杯、紙箱(Cardboard cases)：通常在紙板內面貼上塑膠膜，增加其氣體阻隔性及防溼性，並製成杯盒狀，用於盛裝飲料、冰淇淋、沖泡食品等。

   (2) Pure pack：俗稱新鮮屋（圖 7-1），主要使用於牛乳、果汁、飲料的包裝。其材質係採用聚乙烯(PE)／紙／聚乙烯(PE)的複合膜加工紙，以增加容器的防溼性、氣體阻隔性及熱封性。

   (3) Tetra pack：俗稱利樂包（圖 7-2），主要使用於牛乳、果汁、飲料的包裝。其材質與 Pure pack 相同，有時還會加入一層鋁箔層增加強度與氣體阻隔性。

   (4) 保久乳(Long life milk)包裝用紙：材質採用聚乙烯(PE)／紙／聚乙烯(PE)／鋁箔／聚乙烯(PE)五層，可完全阻隔氣體與水氣的通透，增加牛乳的保存期限。

▶ 圖 7-1　Pure pack（新鮮屋）

▶ 圖 7-2　Tetra pack（利樂包）

2. 金屬材料：

  (1) 三片罐(Three-piece can)：又稱為衛生罐(Sanitary can)，是由罐蓋、罐身、罐底三片利用二重捲封接合而成。罐身有接合部分，稱為邊封；罐身與罐蓋、罐底捲封的部位，稱為搭接部。

  (2) 兩片罐(Two-piece can)：將罐身與罐底一體成形，加上罐蓋以二重捲封密封而成。

  (3) 馬口鐵罐（圖 7-3）：所謂馬口鐵皮(Tin plate)是指在鋼板上鍍錫，在塗布油膜層加以保護製成。其斷面主要可分為鋼板層、合金層、錫層、氧化錫層及油膜層五層。

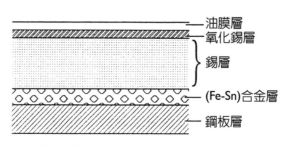

▶ 圖 7-3　馬口鐵皮斷面結構

3. 罐內面的塗漆料：

  (1) 油樹脂塗料(Oleoresinous enamel or lacquer)：果蔬類罐頭與調味魚類罐頭使用。

  (2) 酚醛樹脂塗料(Phenolic enamel)：肉類罐頭、魚貝類罐頭使用，可防止罐頭的硫化變色，同時也可以作為馬口鐵罐的外部塗漆用。

4. 玻璃瓶的密封瓶蓋：見表 7-1。

▶ 表 7-1　玻璃瓶的瓶蓋種類

圖　片	名　稱	說　明
	王冠蓋 (Crown cap)	用於啤酒碳酸飲料等之高內壓飲料，蓋緣呈波浪狀。
	旋轉蓋 (Twist-off cap)	螺旋蓋之一種，普通瓶蓋有 4 個突起，配合瓶口之 4 條螺紋，適用於高溫殺菌。
	撬開蓋 (Pry-off cap)	真空密封蓋之一種，瓶蓋依靠緊之方式固定於瓶口，靠著瓶內減壓吸住瓶蓋。使用時，撬開瓶蓋即可。
	壓封扭開蓋 (Press-on twist-off cap)	一般用於藥品，為防止小孩誤食。
	錨型蓋（安卡蓋） (Anchor cap)	又稱安卡蓋，一般使用於杯狀瓶。為得到真空，常以熱充填或脫氣後，立即進行封蓋。
	費尼克斯蓋 (Phoenix cap)	密封力比安卡蓋(Anchor cap)強，其在玻璃容器上部作有口顎，利用將口顎滑進金屬環的作法，把蓋子密封。
	螺旋蓋 (Screw cap)	使用材料有馬口鐵皮、塑膠或鋁，一般用於低溫殺菌食品，不可用於高溫殺菌食品。

7-2 常用的食品包裝法

一、包裝法分類

1. 真空包裝(Vacuum packaging)：所謂真空包裝，並非真的將包裝容器內完全抽至真空狀態（零壓力），一般是抽氣至壓力降為 5~10torr 即可。

2. 氣體充填包裝(Gas packaging)：利用氮氣或二氧化碳、或兩者併用將包裝容器內的空氣置換，延長食品的保存期限，一般採用鋁箔、聚偏二氯乙烯或乙烯、氯乙烯共聚合物作為氣體阻隔層。

3. 脫氧劑除氧包裝(Oxygen scavenge packaging)：在包裝密封的同時，將脫氧劑一起封入，藉由脫氧劑吸收包裝容器內的氧氣，防止食品成分氧化或好氧性菌發育。

4. 加壓殺菌食品包裝：即所謂殺菌軟袋(Retort pouch)裝，將食品充填後，經脫氧、密封後以加壓加熱殺菌。

5. 無菌充填包裝(Aseptic packaging)：此種包裝法的包裝材料，必須能完全遮蔽光線並阻止氧氣穿透，通常使用外層聚乙烯／雙層紙板／積聚聚乙烯／鋁箔／內層聚乙烯(1)／內層聚乙烯(2)等六層所組成。

作業
範例

Chapter 7

食品包裝

班級：＿＿＿＿＿＿＿系(科)＿＿＿年＿＿＿＿班＿＿＿號
姓名：＿＿＿＿＿＿＿繳交日期：＿＿＿＿年＿＿月＿＿日

一、食品包裝材料的種類

1. Kraft paper：

_____

(1) Made from wood pulp using a sulphate cooking process.

_____

(2) A coarse paper noted for its strength.

_____

(3) Brown color usually.

_____

Applications：Grocery bags and sacks.

_____

Multiwall bags (dog food, charcoal animal food, cement, fertilizer, Chemicals.)

_____

_____

2. Pouch papers：

_____

(1) Made from bleached fibers.

_____

(2) Very smooth, pliable and opaque.

_____

(3) Usually laminated to foil, glassine, PE or other papers.

_____

(4) Easy for printing and laminating.

_____

(5) Good for food packaging.

_____

3. Types of paperboard：

_____

(1) Chipboards：From recycled waste pulp.

_____

(2) Folding boxboard：From chemical and mechanical pulps.

_____

(3) Fully bleached：From bleached chemical pulps.

_____

Corrugated containers：

_____

Made of linerboard and corrugating medium (or called containerboard).

_____

_____

Kraft paper, bleached paper, paper becomes brittle on long exposure to light and turn yellow due to oxidation of lignin.

_____

_____

二、常用的食品包裝法

1. Five functions define the area of packaging：

_____

♦ Protection

_____

(1) From physical damages.

_____

(2) From quality deterioration: Including chemical, physical, microbial reactions.

_____

_____

(3) From health hazards: Including chemical hazards, microbial hazards.

_____

_____

(4) From past damages and contamination: Mainly insects.

_____

◆ Formal division or measurement---A container

_____

(1) Paper around candy: Life size.

_____

(2) Ounces: Baby foods.

_____

(3) Bunches: Rubber bands around carrots, etc.

_____

◆ Means of communication---Information

_____

(1) In words, nutrients, RDA, weights and content.

_____

(2) Visually: See product through wrap.

_____

(3) Directions to use product.

_____

(4) Something required by law-warning Smoking is hazardous to your health.

_____

_____

◆ Handling aid---Convenience

_____

(1) Six-pack

_____

(2) Carton: Easy to transport/shelves

_____

(3) Plastic bag

_____

◆ Advertising means

_____

(1) Get attention

_____

(2) Helps to total value of product

_____

2. Scope of packaging：

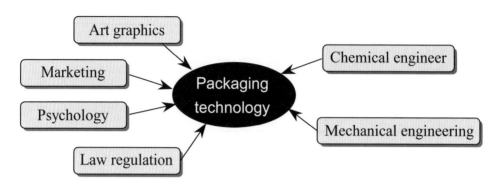

3. Principal display panel (PDP)：

_____

(1) Brand name_____

(2) Product name_____

(3) Picture of product_____

(4) Style_____

(5) Quantity declaration_____

(6) Ingredients_____

(7) Instruction (or direction)_____

(8) Warning words_____

(9) Name and address of manufacture (or distributor)_____

(10) Manufactured date or expired date_____

(11) Nutrition labeling： _____

      Nutrition information, RDA_____

(12) UPC (Universal product code)_____

CHAPTER **8**

Technical English in Food Science

食品感官品評用語

A sensory evaluation is made by the senses of taste, smell, touch, and hearing when food is eaten. The complex sensation that results from the interaction of our senses is used to measure food quality in programs for quality control and new product development. This evaluation may be carried out by one person or by several hundred.

_____

_____

_____

_____

_____

8-1 品評員類型

1. 消費型品評員(Consumer panelist)。

2. 無經驗型品評員(Inexperienced panelist)。

3. 經驗型品評員(Experienced panelist)。

4. 訓練型品評員(Trained panelist)。

5. 專家型品評員(Expert panelist)。

8-2 感官檢查方法（表 8-1）

一、嗜好性或嗜好性試驗(Acceptance / Preference Test)

1. 對比試驗法(Paired comparison test)。

2. 順位試驗法(Ranking test)。

3. 嗜好性評分試驗法(Hedonic scale test)。

Preference tests include the paired comparison test, the hedonic scale, and ranking.

_____

_____

二、差異試驗(Difference Test)

1. 三角試驗法(Triangle test)。

2. 二、三點試驗法(Duo-Trio test)。

3. 對比試驗法(Paired comparison test)。

4. 評分試驗法(Rating scale test)。

   The tests to determine a difference between samples include the triangle test, the simple paired comparisons test, the Scheffe paired comparisons test, the duo-trio test, the multiple comparisons test, ranking, scoring, and ratio-scaling.

_____

_____

_____

_____

三、描述試驗(Descriptive Test)

1. 風味輪廓試驗(Flavor profile method)。

2. 組織輪廓試驗(Texture profile method)。

3. 定量描述分析試驗(Quantitative descriptive analysis)。

A group of highly trained panelists examine the flavor or texture of a product to provide a detailed descriptive evaluation of it. The most commonly known descriptive methods are the flavor profile and the texture profile.

_____

_____

_____

▶ 表 8-1　感官檢查方法

嗜好型 (Affective)	接受性或嗜好性試驗 (Acceptance / Preference test)	對比試驗法 (Paired comparison test)
		順位試驗法(Ranking test)
		嗜好性評分試驗法 (Hedonic scale test)
分析型 (Analytical)	差異試驗 (Difference test)	三角試驗法(Triangle test)
		二、三點試驗法(Duo-Trio test)
		對比試驗法 (Paired comparison test)
		順位試驗法(Ranking test)
		評分試驗法(Rating scale test)
	描述試驗 (Descriptive test)	風味輪廓試驗法 (Flavor profile method)
		組織輪廓試驗法 (Texture profile method)
		定量描述分析試驗法 (Quantitative descriptive analysis)

8-3 閾 值

可分為絕對閾值、鑑別閾值、差別性閾值及終點閾值等四種。

1. 絕對閾值(Absolute threshold)：可感覺出與水有差異性的最低濃度。

2. 鑑別閾值(Recognition threshold)：可確定其味道的最低濃度。

3. 差別性閾值(Difference threshold)：於一系列濃度中，可以分辨出不同的最小濃度差。

4. 終點閾值(Terminal threshold)：超過一定濃度後，無法再加以辨識其差別濃度。

 8-4 食品組織表示用語

一、有關壓迫、拉伸的物理性舉動用語（形容詞）

堅硬的	Firm	黏著性的	Sticky
柔軟的	Soft	膠黏狀的	Glutinous
堅韌的	Tough	易破碎的	Brittle
嫩的	Tender	易碎的	Crumbiy
不易咀嚼的	Chewy	嘎扎酥脆感的	Crunch
酥脆的	Short	脆的	Crispy
彈性狀的	Spring	濃稠的	Thick
可塑性的	Plastic	稀薄的	Thin

二、有關物質構造之用語（形容詞）

粒子大小與形狀方面		有關構成單位的排列及形狀方面	
平滑的	Smooth	薄層狀的	Flaky
微細狀的	Fine	纖維狀的	Fibrous
粒狀的	Powdery	絲狀的	Stringy
砂狀的	Gritty	漿狀的	Pulpy
粗粒狀的	Coarse	細胞狀的	Cellular
粗粉狀	Lumpy	膨脹的	Puffy
		結晶狀的	Crystalline
		玻璃狀的	Glassy
		膠質狀的	Gelatinous
		泡沫狀的	Foamy
		海綿狀的	Spongy

三、有關口感的性格之用語

口感	Mouthfeel	油性的	Oily
實質	Body	脂性的	Greasy
乾的	Dry	臘樣的	Waxy
潮濕的	Moist	似粉狀的	Mealy
濕的	Wet	黏滑的	Slimy
多水的	Watery	似乳酪狀的	Creamy
多汁的	Juicy		
下列四種屬性雖係口感的特性，卻是不直接與食品組織有關，而是屬於味覺或嗅覺等化學性感覺較為近緣的感覺。			
收斂性的	Astringent	冷的	Cold
熱的	Hot	吸熱性的	Cooling

8-5 品評員心理效應

一、連續效果(Sequential Effects)

適應	Sensory adaptation
疲勞效果	Fatigue effect
集合效果	Convergence effect
時間誤差	Time errors
順序效果	Order effect
學習效果	Learning effect
後味效果	After taste

二、組合效果(Combination Effects)

1. 對比效果(Contrast effect)。

2. 污染效果(Contamination effect)。

3. 判斷相對性。

三、期待效果

1. 或然率的適合傾向(Probability matching)。

2. 台地效果(Plateau effect)。

3. 避免判斷對稱性的傾向。

四、其 他

過分謹慎的誤差	Caution effect
位置效果	Position effect
記號效果	Coding effect
感情效果	Feeling effect
隊長效果	Colonel effect
背光效果	Halo effect

MEMO

Chapter 8

食品感官品評用語

班級：＿＿＿＿＿＿＿＿ 系(科) ＿＿＿＿年 ＿＿＿＿班 ＿＿＿＿號
姓名：＿＿＿＿＿＿＿＿ 繳交日期：＿＿＿＿年 ＿＿月 ＿＿日

一、中文摘要

1. Triangle test：

＿＿＿＿＿＿＿＿＿＿＿＿＿＿＿＿＿＿＿＿＿＿＿＿＿＿＿＿＿＿

The panelist receives three coded samples. He is told that two of the samples are the same and one is different and he is asked to identify the odd sample. This method is very useful in：

＿＿＿＿＿＿＿＿＿＿＿＿＿＿＿＿＿＿＿＿＿＿＿＿＿＿＿＿＿＿

＿＿＿＿＿＿＿＿＿＿＿＿＿＿＿＿＿＿＿＿＿＿＿＿＿＿＿＿＿＿

(1) Quality control work to ensure that samples from different production lots are the same.

＿＿＿＿＿＿＿＿＿＿＿＿＿＿＿＿＿＿＿＿＿＿＿＿＿＿＿＿＿＿

＿＿＿＿＿＿＿＿＿＿＿＿＿＿＿＿＿＿＿＿＿＿＿＿＿＿＿＿＿＿

(2) Determine if ingredient substitution or some other change in manufacturing results in a detectable difference in the product.

_____

_____

(3) It is often used for selecting panelists.

_____

2. 三角試驗品評表格：

QUESTIONNAIRE FOR TRIANGLE TEST

NAME_____ DATE _____

PRODUCT _____

Two of these three samples are identical, the third is different.

1. Taste the samples in the order indicated and identify the odd sample.

Code	Check odd sample
148	_____
914	_____
579	_____

2. Indicate the degree of difference between the duplicate samples and the odd sample.

Slight	_____
Moderate	_____
Much	_____
Extreme	_____

3. Acceptability：
   Odd sample more acceptable _____
   Duplicates more acceptable _____

4. Comments：

---

3. Simple paired comparisons test：

_____

A pair of coded samples is presented for comparison on the basis of some specified characteristic such as sweetness.

_____

_____

4. Multiple paired comparisons test：

_____

When there are more than two samples to be evaluated, each must be compared with every other sample. The number of pairs is determined by the formula n(n-1), where n = the number of samples or treatments. This test is called a multiple paired comparisons test.

_____

_____

_____

_____

_____

MEMO

CHAPTER **9**

Technical English in Food Science

食品相關縮寫字彙

9-1　食品相關縮寫字彙

9-1　食品相關縮寫字彙

　　食品中常有許多縮寫字彙。其應用於食品加工、食品化學等許多相關食品領域。為方便學習者能瞭解，茲列如下：

1. A~C：

縮　　寫	全　　名	中文名稱
A/G ratio	albumin / globulin ratio	白蛋白／球蛋白比
AIS	Alcohol insoluble solid	酒精不溶物
AACC	American Association of Cereal Chemists	美國穀類化學會
ADA	American Dietetic Association	美國膳食營養學會
AOCS	American Oil Chemists Society	美國油脂化學會
AOAC	Association of Official Analytical Chemists	美國公職分析化學家協會
AOAC	official method of analysis of the association of official analytical chemists	AOAC 分析法
AOM	active oxygen method	活性氧氣法
ASTM	American Society for Testing Materials	美國材料試驗學會
AV	acid value	酸值；酸價
	中和一克油脂中游離脂肪酸所需 KOH 的毫克數	
BMR	basal metabolic rate	基礎代謝率
BOD	biochemical oxygen demand	生物需氧量；生化需氧量
BV	biological value	生物價
CMC	carboxymethyl cellulose	甲基纖維素
COD	chemical oxygen demand	化學需氧量
CA storage	controlled atmosphere storage	調氣貯藏法；氣調貯藏法；人工氣候貯藏法

2. D~F：

縮　寫	全　名	中文名稱
D value	decimal reduction time	九成滅菌時間；D 值
	表示微生物的死滅率的數值，在特定溫度下，殺滅 90%微生物所需時間，以分鐘表示	
E. coli	*Escherichia coli*	大腸桿菌
ES	egg score	蛋價
FA	fatty acid	脂肪酸
FAD	flavin adenine dinucleotide	黃素腺二核苷酸
FDA	Food and Drug Administration (U.S.)	美國食品藥物管理局

3. G~I：

縮　寫	全　名	中文名稱
GFC	gel filtration chromatography	膠濾層析法
GLC	gas liquid chromatography	氣液相層析法
GMP	good manufacturing practice	良好作業規範
HACCP	hazard analysis-critical control point system	危害分析重點管制
	以食品工廠的衛生監視及自主衛生管理尤其是微生物為目的而開發的方式	
HPLC	high-performance liquid chromatography	高效液相層析法
HLB	hydrophilic lipophilic balance	親水親脂均衡
HMF	hydroxymethyl furfural	羥甲阿呋喃醛
HMP	high methoxy pectin	高甲氧基果膠
HMS	hexose monophosphate shunt	己醣單磷酸支途；六碳醣單磷酸支途

縮　寫	全　名	中文名稱
HTST method	high temperature short time method	高溫短時法
HTST pasteurization	high temperature short time pasteurization	高溫短時（巴氏）殺菌（法）
HTST process	high temperature short time process	高溫短時殺菌（法）
HTST sterilization	high temperature short time sterilization	高溫短時滅菌（法）
IFMF	International Food Manufacture Association	國際食品製造協會
IIR	International Institute of Refrigeration	國際冷凍協會
IMF; IM Food	intermediate moisture food	中濕（性）食品；半濕（性）食品
	含水量約 20~40%，水活性 0.6~0.85 的半濕半乾食品	
IUPAC nomenclature	International Union of Pure and Applied Chemistry	IUPAC 命名法
IV	iodine value	碘值；碘價

4. L~P：

縮　寫	全　名	中文名稱
LN$_2$ freezing	liquid nitrogen freezing	液態（氮）冷凍（法）
L L milk	long life milk	保久乳
LMF	low moisture food	低水分食品
LTH	low-temperature heat method	低甲氧基果膠
LTLT	long-temperature long-time process	低溫長時間殺菌法
Mb	myoglobin	肌紅蛋白；肌紅素
MDR	minimum daily requirement	每日最低需要量

縮　寫	全　名	中文名稱
MLD	minimum lethal dose	最低致死劑量
MNEL	maximum no effect level	最大無作用量
MNL	maximum no effect level	最高無效量
O/W	oil in water form	水中油滴型
PFA	polyunsaturated fatty acid	高度不飽和脂肪酸
PG	polygalacturonase	聚半乳糖醛酸
PKU	phenylketonuria	苯酮尿症

5. S~W：

縮　寫	全　名	中文名稱
SCP	single cell protein	單細胞蛋白質
TBA value	thiobarbituric acid value	硫巴比妥酸值；丙二醛硫值
	是肉或肉製品的氧化程度指標	
TCA cycle	tricarboxylic acid cycle	TCA 循環；三羧酸循環
TDT	thermal death time	加熱致死時間
TTT	time-temperature tolerance	時間溫度貯藏耐性；時溫（貯藏）耐性
T-2 toxin		T-2 毒素
UF	ultrafiltration	超濾法
UHT	ultra-high temperature sterilization	超高溫滅菌法
UHT milk	Ultra-high temperature milk	超高溫滅菌乳
	以連續式超高溫短時滅菌法處理之無菌填充之牛乳，稱為 UHT 牛乳或 UHT 滅菌牛乳	
UHTS	ultra high temperature sterilization	超高溫滅菌
WHO	World Health Organization	世界衛生組織

MEMO

作業
範例

Chapter 9

食品相關縮寫字彙

班級：＿＿＿＿＿＿系(科)＿＿＿年＿＿＿＿班＿＿＿號
姓名：＿＿＿＿＿＿繳交日期：＿＿＿年＿＿月＿＿日

一、名詞解釋與全名書寫

1. AOM：＿＿＿＿＿＿＿＿＿＿＿＿＿＿＿＿＿＿＿＿＿＿＿

＿＿＿＿＿＿＿＿＿＿＿＿＿＿＿＿＿＿＿＿＿＿＿＿＿＿＿＿

2. AV：＿＿＿＿＿＿＿＿＿＿＿＿＿＿＿＿＿＿＿＿＿＿＿＿＿

＿＿＿＿＿＿＿＿＿＿＿＿＿＿＿＿＿＿＿＿＿＿＿＿＿＿＿＿

3. CMC：＿＿＿＿＿＿＿＿＿＿＿＿＿＿＿＿＿＿＿＿＿＿＿＿

＿＿＿＿＿＿＿＿＿＿＿＿＿＿＿＿＿＿＿＿＿＿＿＿＿＿＿＿

4. CA storage：＿＿＿＿＿＿＿＿＿＿＿＿＿＿＿＿＿＿＿＿＿

＿＿＿＿＿＿＿＿＿＿＿＿＿＿＿＿＿＿＿＿＿＿＿＿＿＿＿＿

5. GMP：＿＿＿＿＿＿＿＿＿＿＿＿＿＿＿＿＿＿＿＿＿＿＿＿

＿＿＿＿＿＿＿＿＿＿＿＿＿＿＿＿＿＿＿＿＿＿＿＿＿＿＿＿

6. HTST： _____

_____

7. TTT： _____

_____

8. MLD： _____

_____

9. IMF; IM Food： _____

_____

10. UHT： _____

_____

CHAPTER **10**

Technical English in Food Science

食品營養成分英文

10-1　營養的相關字詞解釋

1. 營養(Nutrition)：營養學是一門科學，專門研究食物成分，與這些成分經由攝取、消化、吸收、利用及排泄等一連串新陳代謝的過程，以達到維持人體正常生理功能與發育者。

2. 營養化學(Nutritional chemistry)：營養學的研究偏重化學稱之。

3. 生化營養學(Biochemical nutrition)：營養學的研究偏重生物化學稱之。

4. 生理營養學(Physiological nutrition)：營養學的研究偏重生理學稱之。

5. 疾病飲食學(Therapeutic dietetics)：飲食控制與營養有關的疾病研究。

6. 臨床營養學(Clinical nutrition)：與臨床醫學有關的營養研究。

7. 公共衛生營養學(Public health nutrition)：以社區為對象的營養學研究。

8. 營養素(Nutrients)：包含在食物中的成分，如蛋白質、脂肪、醣類、維生素、礦物質等。

 10-2　營養素

一、醣類(Carbohydrate)

依水解後結構來分可分為：

醣的種類	定　義	常見之糖
單醣類 (Monosaccharide)	不能用水解的方法分解成更簡單的醣類。	葡萄糖(Glucose)、果糖(Fructose)、半乳糖(Galactose)、甘露糖(Mannose)
雙醣類 (Disaccharide)	水解後能產生含有兩分子相同或不同之單醣的醣類。	蔗糖(Sucrose)、乳糖(Lactose)、麥芽糖(Maltose)

醣的種類	定　義	常見之糖
寡醣類 (Oligosaccharide)	由 3~10 個單醣構成的醣類。	蜜三糖 (Raffinose)、水蘇四糖 (Stachyose)
多醣類 (Polysaccharide)	由 10 個以上至 10,000 個或由更多單醣構成的醣類。	澱粉(Starch)、糊精(Dextrin)、肝醣 (Glycogen)、纖維質(Cellulose)

依官能基的不同可分成：

醣的種類	定　義	典型之糖
醛醣(Aldose)	分子含有一個醛基 ($-CHO$)的醣類。	葡萄糖 (Glucose)、半乳糖 (Galactose)
酮醣(Ketose)	分子含有一個酮基 ($-C=O$)的醣類。	果糖(Fructose)

★ 常見的醣類

1. **葡萄糖(Glucose)**：右旋醣，多含在水果類之葡萄與水果類之甜玉蜀黍內，是雙醣與多醣經過消化後的產物，亦為生理上最重要的醣類，可供人體各組織細胞氧化產生能量。

2. **果糖(Fructose)**：左旋醣，為醣類中最甜的，不易形成結晶固體，蜂蜜、水果含量較多。

3. **半乳糖(Galactose)**：是乳糖分解後的產物，在人體內可與葡萄糖互變，自然界食物中，無單體的半乳糖存在。

4. **蔗糖(Sucrose)**：甘蔗及甜菜為蔗糖的主要食物來源，由葡萄糖與果糖結合脫水而成。

5. **麥芽糖(Maltose)**：多為澱粉水解或消化後的中間產物，由兩個葡萄糖結合而成，常存在五穀類之幼芽內。

6. 乳糖(Lactose)：是奶類中所含的醣類，由葡萄糖與半乳糖構成。亞洲成人常因乳糖酶較少，未消化的乳糖被腸管微生物代謝成酸，刺激腸管蠕動引起拉肚子，這種現象稱為乳糖不耐症(Lactose intolerance)。

7. 澱粉(Starch)：乃植物行光合作用將二氧化碳及水製成，穀類及根莖類的澱粉貯藏量最豐富，不溶於冷水但溶於熱水。澱粉經酶消化，可變為糊精、麥芽糖，最後變為葡萄糖。

8. 糊精(Dextrin)：澱粉經過消化或加熱可變成糊精，其間之中間產物有多種，依分子量不同可分為澱粉糊精(Amylodextrin)、紅色糊精(Erythrodextrin)、無色糊精(Achrodextrin)，最後為麥芽糖。

9. 肝醣(Glycogen)：其構造與澱粉類似，但分支較多，又稱為動物性澱粉，僅存在動物性食物，如牡蠣含量豐富。

10. 纖維素(Cellulose)：不被人類消化道消化的多醣類，是植物纖維的主要成分，多存在粗糙的五穀類、水果的外皮與種子及蔬菜類中。

11. 果膠(Pectin)：成分較纖維素複雜，多存在水果皮部與水果種子中，亦為人類所不能消化的多醣類，果膠可溶於水，吸水後形成膠狀物。

★ 醣類的功用

1. 提供熱能：每 1 公克的糖約可提供 4 大卡熱量。

2. 節省蛋白質作用(Protein sparing action)：適量的醣類可做為產生熱能的來源，飲食若缺乏醣類，蛋白質必須氧化以幫助產生能量。

3. 幫助脂肪正常代謝：如無適量的醣類存在，部分脂肪氧化代謝產生酮體(Ketone bodies)，易造成血液酸度增加形成酸中毒，或是干擾身體酸鹼平衡。

4. 乳糖幫助鈣質的吸收：部分乳糖經腸道微生物的利用產酸，可促進腸道蠕動，並維持部分腸道酸性環境，有利於鈣質的吸收。

5. 膳食纖維預防慢性病：不被消化的多醣類與木質素(Lignin)，統稱為膳食纖維，包括纖維素(Cellulose)、半纖維素(Hemicellulose)、果膠(Pectin)、樹膠(Gum)、植物黏膠(Mucilage)及藻類膠(Algal polysaccharide)。因為不被身體所消化，可以軟化糞便，幫助實體形成與排除，促使腸道蠕動正常，可預防慢性疾病。

二、脂質(Lipids)

★脂質的分類

1. 簡單脂質(Simple lipid)：由脂肪酸和醇類所形成的酯類，包括：

   (1) 中性脂肪(Neutral fat)：由一分子的甘油與三分子的脂肪酸結合而成，所以也稱為三酸甘油酯。中性脂肪又可分為：

       A. 脂肪(Fat)：在室溫為固態者稱之，如豬油與牛油。

       B. 油類(Oil)：在室溫為液態者稱之，如黃豆油與葵花油。

   (2) 蠟類(Wax)：由脂肪酸和高級醇類所組成，高級醇的碳數通常在 10 以上。

2. 複合脂質(Compound lipids)：由三酸甘油酯與其他基團組合而成的脂質，包括：

   (1) 磷脂類(Phospholipids)：由脂肪酸、甘油及磷所組成的化合物，常與某些含氮鹼基的物質結合（如膽鹼，Choline）。腦磷脂(Cephalin)、卵磷脂(Lecithin)即屬此類化合物。

   (2) 醣脂質(Glycolipids)：由碳水化合物和三酸甘油酯組成，不含磷酸，通常存在腦及神經組織之中。

3. 衍生脂質(Derived lipids)：由上述的脂質水解所得的產物。如脂肪酸、甘油、固醇(Sterols)、類固醇(Steroids)、脂溶性維生素等。

★ 脂肪酸的分類

1. 依碳鏈的長度區分：

(1) 短鏈脂肪酸(Short chain fatty acid)：碳數在 6 以下者稱之。

(2) 中鏈脂肪酸(Medium chain fatty acid)：碳數在 8~12 者稱之。

(3) 長鏈脂肪酸(Long chain fatty acid)：碳數在 12 以上者稱之。

2. 依碳鏈的飽和度區分：

(1) 飽和脂肪酸(Saturated fatty acid)：即脂肪酸的碳鏈皆為單鍵者。

(2) 不飽和脂肪酸(Unsaturated fatty acid)：凡脂肪酸鏈中含有雙鍵者。

    A. 單元不飽和脂肪酸(Monounsaturated fatty acid)：脂肪酸鏈中含有一個雙鍵者。如油酸(Oleic acid)。

    B. 多元不飽和脂肪酸(Polyunsaturated fatty acid)：脂肪酸鏈中含有兩個以上雙鍵者。如 20 個碳 5 個雙鍵的 EPA(Eicosapentaenoic acid)與 22 個碳 6 個雙鍵的 DHA(Docosahexaenoic acid)。

★ 脂質的性質

1. 氫化作用(Hydrogenation)：係指將氫加入含不飽和脂肪酸的植物油中的方法。

2. 皂化作用(Saponification)：係指脂肪酸與金屬離子結合成肥皂。

3. 酸敗作用(Rancidity)：係指空氣中的氧會攻擊油脂不飽和脂肪酸的雙鍵，而形成過氧化物，過氧化物極不穩定，會再繼續氧化，產生醛類、酮類及有機酸等，其味道即所謂的油臭味，這時候有部分脂肪酸游離出來使酸度增加，這現象稱為酸敗作用。

4. 聚合反應(Polymerization)：係指油脂在高溫油炸情況下，特別是不飽和脂肪酸，會產生新鍵結互相聚合起來，形成大分子的聚合物。

★脂質的功用

1. **供給熱能**：每 1 公克的脂肪可提供 9 大卡熱能。

2. **構成體脂肪**：當飲食中所提供的熱量超過身體需要時，皆可轉變成體脂肪。適量的體脂肪可保護身體內的器官，皮下脂肪可防止體溫的散失，也可以氧化供給人體熱能之需要。

3. **節省蛋白質作用**：從食物獲得適量的脂肪，可作為熱能的來源，與醣類的作用一樣，不至於氧化飲食中供給或是由身體組織的蛋白質供給熱能，達到節省蛋白質作用。

4. **協助脂溶性維生素吸收**：脂肪可幫助脂溶性維生素 A、D、E、K 的運送與吸收。

5. **抑制胃酸分泌**：脂肪有抑制胃液分泌的功能，使腸胃排空的時間延長，增加食物停留在胃的時間。

6. **提供必需脂肪酸(Essential fatty acid)**：多元不飽和脂肪酸中的亞麻油酸(Linoleic acid)、次亞麻油酸(Linolenic acid)及花生油酸(Arachidonic acid)，被列為必需脂肪酸(Essential fatty acid)，即必須來自於外界食物的供給，自體無法製造者。必需脂肪酸構成細胞膜與脂蛋白的重要成分，它在體內可轉變成不同型式的前列腺素(Prostaglandin)，可調節血壓、血球凝集、血管收縮等重要生理功用，缺乏時會造成濕疹性皮膚炎。

7. **為膽固醇(Cholesterol)的來源**：膽固醇為固醇類的一種，主要存在動物性細胞中，特別是腦、神經組織、蛋黃、肝臟、腎臟等含量豐富，可轉變成膽酸(Bile acid)，幫助脂肪的消化，也可以做為男性激素(Androgen)、女性激素(Estrogen)的前質，而 7-去氫膽固醇可以變成維生素 D_3，最重要的是膽固醇是造成細胞膜的重要物質。

三、蛋白質(Protein)

蛋白質由碳、氫、氧、氮所組成，其中氮的含量約佔 16%，基本的單位稱為胺基酸(Amino acid)，胺基酸的官能基有兩種，即胺基(Amino group)($-NH_2$)

與羧基(Carboxyl group)（－COOH），二個胺基酸互相結合時，形成胜肽鍵
(Peptide bond)，組成雙胜類(Dipeptide)，而很多個胺基酸組成為多肽類
(Polypeptide)。

★ 蛋白質的分類

可依構造形態分為：

1. 簡單蛋白質(Simple proteins)：單純由胺基酸組成，如白蛋白(Albumin)、
   小麥穀蛋白(Glutenin)、乳蛋白(Lactalbumin)等。

2. 複合蛋白質(Conjugated proteins)：為蛋白質與其他非蛋白質物質結合而
   成者，如血紅素(Hemoglobin)、磷蛋白質(Phosphoprotein)、脂蛋白
   (Lipoprotein)、黃素蛋白(Flavoprotein)等。

3. 衍生蛋白質(Derived proteins)：為蛋白質被酶消化或水解後，所形成較短
   的片段者，如蛋白腖、蛋白脎等。

★ 胺基酸的分類

依生理上的重要性不同可分成：

1. 必需胺基酸(Essential amino acid)：係指必須由外界食物供給獲得，身體
   無法自製者，共 8 種：色胺酸(Tryptophan)、離胺酸(Lysine)、甲硫胺酸
   (Methionine)、纈胺酸(Valine)、苯丙胺酸(Phenylalanine)、蘇胺酸
   (Threonine)、白胺酸(Leucine)、異白胺酸(Isoleucine)。

2. 半必需胺基酸(Semi-essential amino acid)：即身體可以自行合成，但合成
   量少於身體所需，如能由食物中補充，發育會更好。包括：組胺酸(Histidine)
   及精胺酸(Arginine)。

3. 非必需胺基酸(Non-essential amino acid)：指身體可以自行合成足夠量的
   胺基酸，主要由轉胺作用形成。

★ 蛋白質的生理作用

1. 建造新的身體組織原料：體內組織、器官都由蛋白質構成，所以成長時或生病後，都需要補充蛋白質以應付合成新組織的需要。

2. 修補耗損的組織：只有蛋白質具此功能。

3. 構成身體的重要物質：各種酶、荷爾蒙、免疫球蛋白、乳汁等。

4. 調節水分：缺乏血漿白蛋白會造成水腫。

5. 維持體液酸鹼平衡：因胺基酸為兩性分子，所以蛋白質在血液中可調節酸鹼，如血液中的血球蛋白。

6. 提供熱能來源：1 公克的蛋白質可提供約 4 大卡熱能。

7. 結合重要物質幫助其吸收及運送：如鈣結合蛋白、運鐵蛋白、脂蛋白等。

8. 提供身體所需的必需胺基酸，合成體蛋白。

四、維生素(Vitamine)

維生素的定義是有機物質，但身體無法合成，需由外界食物補充，所需量極少，主要負責調節身體新陳代謝，可作為酵素的輔酶，不產熱也非製造身體組織材料者。

維生素依溶解性質可分成兩大類：

1. 脂溶性維生素：此類為維生素 A、D、E、K 等，對熱較穩定。

2. 水溶性維生素：如維生素 C 及 B 群等，較不穩定。

★ 維生素 A

常以類胡蘿蔔素(Carotenoids)的形式存在，對熱穩定但易氧化，維生素 A 的生理功用包括：維持正常視覺、維護上皮組織的正常功能與正常骨骼發育，缺乏維生素 A 容易有夜盲症(Nyctalopia)、乾眼症(Xerophthalmia)、皮膚乾燥症等現象產生。食物中含維生素 A 最多者為魚肝油，其次是肝臟及深綠色及深黃色蔬菜和水果等。

★ 維生素 D

食物中的麥角固醇(Ergosterol)及 7-去氫膽固醇為維生素 D 先質，經紫外光照射，即形成維生素 D_2 與 D_3。維生素 D 的生理功用是幫助骨骼鈣化，維持血鈣的正常濃度，若缺乏時易造成骨質疏鬆症(Osteoporosis)或是佝僂症(Rickets)。食物中含維生素 D 較多者為魚肝油、肝臟、蛋黃及牛奶等。

★ 維生素 E

維生素 E 又名生育醇(Tocopherol)，為淡黃色的油狀物，有 α、β、γ、δ 四種型式存在，其中 δ 型在食品加工上常被利用作為抗氧化劑。植物油含維生素 E 較多，蔬菜以深綠色含量較高，小麥胚芽及胚芽油含量也甚豐富。

★ 維生素 K

維生素 K 為黃色結晶或粉狀物，受光照易破壞，最重要的生理機能是促成肝臟中凝血酶原的合成，所以與血液凝固有關，食物的來源主要存在綠色蔬菜中，其他如肝臟、肉類亦有。

★ 維生素 C

維生素 C 又名抗壞血酸(Ascorbic acid)，在弱酸環境下較穩定外，其餘狀況極易被破壞。生理功用包括：促成膠原蛋白(Collagen)的形成，參與體內氧化還原反應，並與酪胺酸(Tyrosine)的代謝有關等，所以缺乏維生素 C 時，會有點狀皮下出血，牙齦易流血，嚴重的話會產生壞血病(Scurvy)。食物中，深綠色蔬菜及枸櫞類水果含量豐富。

★ 維生素 B_1

維生素 B_1 (Thiamin)又稱硫胺或抗神經炎素(Aneurine)，係白色結晶或粉狀物，加鹼可加速其破壞，主司丙酮酸脫羧變成醋醛反應過程的輔酶，所以與能量的代謝有關，缺乏維生素 B_1 會產生下肢水腫、麻木、心臟擴大等腳氣病症狀。食物中，未精緻的穀類、瘦肉、牛奶、內臟類含量豐富。

★ 維生素 B_2

維生素 B_2 又名核黃素(Riboflavin)，為橘黃色粉狀物質，水溶液具有黃綠色的螢光，但易受紫外線破壞。在體內主要參與電子傳遞鏈的催化作用，故與能量產生也有關係。缺乏時常見口角炎(Angular stomatitis)、舌炎(Glossitis)等症狀，最好的食物來源是牛奶、肉類、內臟類、蛋等。

★ 菸鹼酸

菸鹼酸(Niacin)與菸鹼醯胺(Niacin amide)均為無色的針狀結晶，本身相當穩定，主要功用與維生素 B_2 類似，在體內參與氧化還原、電子傳遞與輔助脂肪酸和固醇類的合成。菸鹼酸的缺乏會造成癩皮病(Pellagra)，症狀包括：下痢(Diarrhea)、皮膚炎(Dermatitis)、失智症(Dementia)等，所以菸鹼酸又稱為抗癩皮病因子(Pellagra-preventive factor)，內臟類的肝臟、腎臟及瘦肉等含量豐富。

★ 維生素 B_6

維生素 B_6 為白色片狀結晶，為胺基酸代謝的主要輔酶，生理作用包括胺基酸轉胺作用(Transamination)、脫羧反應(Decarboxylation)及參與代謝色胺酸等，所以缺乏維生素 B_6 會有血色素製造不足的貧血現象，稱小球性低血色素貧血(Microcytic hypochromic anemia)。維生素 B_6 多存在麥胚、牛奶、酵母等。

★ 泛　酸

泛酸(Pantothenic acid)顧名思義因廣泛存在於食物中而得名，為黃色的黏狀物質，它構成輔酶 A (Coenzyme A)的成分，故與枸櫞酸循環(Citric acid cycle)有關，對脂肪與醣類的代謝很重要。

★ 葉　酸

葉酸(Folic acid)係黃色有亮光晶體，主要在體內負責單碳的轉移反應，如嘌呤(Purine)與核酸的合成，所以缺乏時代謝最快速的血球最容易受到影響，因此會有巨球性貧血(Macrocytic anemia)與生長遲緩的現象產生，可自綠色蔬菜的綠葉、肝、腎、酵母等食物獲得。

★ 生物素

生物素(Biotin)屬無色、長針形結晶,可輔助酶本體作用與二氧化碳結合,司單碳物質的固定作用,廣泛存在於食物中,不易缺乏。

★ 維生素 B_{12}

維生素 B_{12} 又名抗惡性貧血因子(Anti-pernicious anemia factor),因結構中心含鈷又稱為鈷維生素(Cobalamin),分子呈紅色,在體內與葉酸參與在去氧核糖核酸(DNA)合成上的轉甲基作用,所以缺乏時紅血球無法成熟,會導致巨球性貧血。因維生素 B_{12} 幾乎全部存在於動物性食物,如內臟類、肉類與奶類,全素者須加以補充。

五、礦物質

身體含礦物質約佔體重的 5%,而其功能主要構成骨骼與牙齒之外,還包括酸鹼平衡、肌肉收縮、神經傳導、細胞膜通透性、滲透壓調節與酶活性促進等。其中的七種包括:鈣(Ca)、磷(P)、鈉(Na)、鉀(K)、鎂(Mg)、硫(S)及氯(Cl),存在體內的量大於體重的 0.005%,稱為大量元素,另外的鐵(Fe)、銅(Cu)、碘(I)、錳(Mn)、鋅(Zn)、鈷(Co)、氟(F)、鋁(Al)、鉻(Cr)、硒(Se)等含量較少,稱為微量元素。

★ 鈣(Calcium)

鈣是身體含量最多的礦物質,主要貯存在骨骼與牙齒內。鈣質在體內的功用包括:建構骨骼及牙齒的成分、促使血液凝固、維持正常的心臟收縮、控制細胞的通透性、影響肌肉的收縮與神經的感應性等。食物的來源以牛奶、肉類、小魚蝦等較豐富。

★ 磷(Phosphorus)

磷在體內的含量僅次於鈣,同樣存在骨骼與牙齒中,另外也形成高能磷化合物如 ATP 等,食物中的來源為牛奶、蛋黃、肉、白米、麵粉等,因含磷的食物太廣泛了,故不易缺乏,但飲食中鈣和磷的比例最好維持 1:1 的比例對吸收較好。

★ 鈉(Sodium)

鈉是細胞外液的主要陽離子，主司體液酸鹼平衡，維持組織滲透壓，控制細胞膜通透性，並影響肌肉的感應性。鈉的排泄由腎臟負責，低血鈉會有噁心、抽筋及疲倦現象，相反的，高血鈉會形成水腫及高血壓的症候。食品中醬油與食鹽含鈉最多，加工過的食品如鹹菜、醃肉、火腿、乾酪等也富含。

★ 氯(Chloride)

氯也司身體酸鹼平衡、水平衡及維持滲透壓，為胃酸的主要成分，通常食物中氯與鈉常同時存在，所以鈉的攝取足夠，同時氯的攝取應該是足夠的。

★ 鉀(Potassium)

鉀大部分存在細胞內液，同樣也維持體內的酸鹼平衡、正常的滲透壓以及水分的保留，鉀離子的排泄也靠腎臟，當血鉀過多時，心跳不正常、疲倦、神智不清及呼吸困難，相反的，低血鉀時，肌肉容易麻痺無力，心跳加快等。食物中以肉類、肝、杏、梨、香蕉、甘藷及馬鈴薯等含量較多。

★ 硫(Sulfur)

身體的硫分佈在軟骨、毛髮中，主要存在含硫的胺基酸－胱胺酸(Cystine)及甲硫胺酸之中，硫也是維生素 B_1 和生物素的成分之一，有機態的硫才能為身體利用。

★ 鎂(Magnesium)

鎂大部分存在於骨骼及牙齒中，與鈣在生理的效應上相互拮抗，鎂可使肌肉放鬆，故缺鎂時會使人手腳顫抖及神經過敏，飲食的來源以硬果、五穀、深綠色蔬菜及海產類食品。

★ 鐵(Iron)

鐵在體內以血紅素(Hemoglobin)及肌紅素(Myoglobin)型式存在，負責氧及二氧化碳的傳遞，食物中的鐵一般吸收率低，導致常見鐵缺乏現象，食物中以

肉類、豬血與鴨血等含的鐵稱血基質鐵(Heme iron)，吸收率較高，同樣身體需求量增加時，其吸收率也會提高。鐵的缺乏會造成小球性低血色素的貧血現象，故可由深紅色的肉類及肝、腎等食物加以補充。

★ 碘(Iodine)

碘為甲狀腺素(Thyroxine)的主要成分，甲狀腺素會影響身體的基礎代謝率，缺乏碘時，體內的甲狀腺代償作用，會造成甲狀腺腫大(Goiter)。食物的來源以海產類食物較多，或是由食鹽中添加碘來提供。

★ 氟(Fluoride)

氟攝取過多超過 2ppm 會造成斑齒，適量可預防蛀牙，在體內存在於骨骼與牙齒中。

★ 鋅(Zinc)

含鋅較多的食物有肉類、肝、蛋及海產類，鋅在體內參與許多酶的活性，如鹼性磷酸酯解酶(Alkaline phosphatase)等，與味蕾味覺有關，缺鋅時會有貧血、免疫力低下、傷口癒合不佳等現象。

★ 銅(Copper)

銅對形成血紅素的過程中，佔有重要的地位，所以缺銅時和缺鐵的情形一樣，會有小球性低血色素的貧血現象。食物來源如內臟類、海魚等。

★ 硒(Selenium)

硒是血球內酶麩胱甘肽過氧化酶(Glutathione peroxidase)的重要成分，即預防過氧化物的產生，避免細胞膜與細胞微粒膜受到氧化破壞，硒主要存在於穀類、肉類、魚及奶類等。

10-3　營養相關詞彙

1. A：

Absorption　吸收	Acetoacetic acid　乙醯乙酸
Acid-base balance　酸鹼平衡	Acetone　丙酮
Acidosis　酸中毒	Achlorhydria　胃酸缺乏症
Acids　膽酸	Active transport　主動運輸
Adequate Intake (AI)　適當攝取量	Adenine　腺嘌呤
Alcohol-free wine　無酒精的酒	Adenosine triphosphate(ATP)　腺苷三磷酸
Amino acid pool　胺基酸池	Adipose　多脂肪的
Amino acids　胺基酸	Albumin　白蛋白
Anabolism　同化作用	Adipose　脂肪
Angina　心絞痛	Adolescence　青春期
Antibodies　抗體	Arm muscle area(AMA)　臂肌肉區
Antioxidant　抗氧化劑	Arm fat area (AFA)　臂脂肪區
Arterial blood pressure　動脈血管壓力	Adenosine 5'-diphosphate (ADP)　腺苷二磷酸
Anthropometric measurements　人體測量	Adrenocorticotropic hormone (ACTH)　腎上腺皮質激素
Adverse reactions　不良反應	Azotemia　氮血症
Antagonism　拮抗作用	Avidin　卵白素、抗生物素蛋白
Atherosclerosis　粥樣動脈硬化	Ataxia　運動失調症
Aldosterone　留鹽激素、醛固酮	Asymptomatic　無症狀的
Acetylcholine　乙醯膽鹼	Asparatic acid　天門冬胺酸
Amylopectin　支鏈澱粉	Aspartame　阿斯巴甜

Amylose 直鏈澱粉	Ascites 腹水
Acetyl-co A 乙醯輔酶 A	Arteriosclerosis 動脈硬化
Acetyl Group 乙醯基	Appetite 食慾
Acylation 醯化作用	Anuria 無尿症
Anorexia Nervosa 神經性厭食症	Antivitamin 抗維生素劑
Antimetabolite 抗代謝物質	Anorexia 厭食
Aminopeptidase 縮胺酶	Androgen 雄性素
Ascorbic acid 抗壞血酸	Allergen 過敏原
Anema 貧血	Alcoholism 酒精中毒者
Aerobic 需氧的	Aging 老化
Aldehyde 醛	Antivitamin 抗維生素
Alkalosis 鹼中毒	Apatite 磷灰石
Antiketogenesis 抗生酮作用	Apoenzyme 酶蛋白原
Amylase 澱粉酶	Arabinose 阿拉伯糖
Anabolism 合成代謝	Arachidonic acid 花生四烯酸
Anaerobic 厭氧的	Arginase 精胺酸酶
Anion 陰離子	Arginine 精胺酸
Anthropometry 人體測量學	Asymptomatic 無症狀的
Antibiotic 抗生素	Ataxia 運動失調
Alanine 胺基丙酸	Atony 張力缺乏
Asparagine 天門冬醯胺酸	Atrophy 萎縮
Atheroma 動脈粥瘤	Autosome 常染色體
	Alpha-ketoglutaric acid α-酮戊二酸

2. B：

Basal metabolic Rate (BMR) 基礎代謝率	Bulimia nervosa　神經性貪食症
Beikost 嬰兒斷奶食、餵食固體食物	Base　鹼
Benign　良性的	Beriberi　腳氣病
Blastocyst　原始胚囊體	Bile　膽汁
Body defense　身體防衛系統	Basal metabolism　基本新陳代謝
Biochemical study　生化檢驗	Body storage　人體貯存
Body mass index (BMI) 身體質量指數	Bioassay　生物測定
Bacterial Translocation　細菌移位	Biopsy　活組織檢查
Biologic value (BV)　生物價值	Bitot's spots　比托斑點
Biotin　生物素	Botulism　肉毒桿菌中毒
Bottle feeding　奶瓶餵乳	Bran　麩；米糠
Breast feeding　親自餵乳	Basal energy expenditure (BEE) 基礎耗能
Buffer　緩衝液	Blood urea nitrogen (BUN) 血液尿素氮
Balanced　均衡性	Bolus　丸狀食糰
Baby food　嬰兒食品	Bacterial count　細菌計數
Bacilli　桿菌	
Back fat　背脂	Bacterial pigment　細菌色素
Bacteremia　菌血症	Bacterial protease　細菌蛋白酶
Bacteria　細菌	Bacterial spore　細菌孢子
Bacterial amylase　細菌澱粉酶	Bacterial toxin　細菌毒素
Bacterial coenzyme　細菌輔酶	Bacterial-proof filter　防菌過濾器

Bacterial virus　噬菌體	Bacterial vaccine　細菌疫苗
Bactericidal action　殺細菌作用	Bactericidal activity　殺菌力
Bactericidal action of ozone 臭氧殺菌作用	Bactericidal agent　殺菌劑
Bactericidin　殺菌抗體	Bactericidal lamp　殺菌燈
Bacteriocin　殺菌素	B vitamin　維生素 B 群
Bacteriolysis　溶菌作用	Butyrometer　乳脂計
Bacterioplankton　浮游細菌	Butyrine　丁胺酸
Bacterioscopy　細菌鏡檢法	Butterine　人造乳酪
Bacteriostasis　靜菌作用	Butter milk　乳酪
Bacteriostat　靜菌劑	Boron　硼
Bacteriostatic activity　靜菌活性	Body surface　體表
	Body temperature　體溫

3. C：

Cysteine　半胱胺酸	Carbohydrates　醣類；碳水化合物
Carbohydrate　碳水化合物	Cell Metabolism　細胞代謝
Cellulose　纖維素	Collagen　膠原蛋白
Covalent　共價鍵	Citric acid　檸檬酸
Carboxypeptidase　羧基酶	Coenzyme A　輔酶 A
Calorie　卡	Control agent　控制劑
Cobalamin　鈷胺素	Colloidal osmostic pressure (COP) 膠質滲透壓力
Chyme　食糜	Chymotrypsin　胰凝蛋白酶
Cholecalciferol　膽鈣化固醇	Complex carbohydrates 複合式醣類
Calcitonin　降鈣素	Cruciferous vegetables 十字花科蔬菜

Calmodulin　調鈣蛋白	Cachexia　惡病質
Cretinism　呆小症	Calcification　鈣化
Ceruloplasmin　藍胞漿素	Calcium　鈣
Chorion frondosum　葉狀絨毛膜	Casein　酪蛋白
Colostrum　初乳	Catecholamine　兒茶酚胺
Cardiac output　心臟輸出量	Contraceptive　避孕藥
Colon　大腸	Coronary　冠狀的
Central nervous system (CNS) 中樞神經系統	Cortisone　可體松
Cholesterol　膽固醇	Critical time　臨界時間
Complete proteins　完整蛋白質	Crude fiber　粗纖維
Complementary proteins 補充性蛋白質	Cheilosis　口唇炎
Clinical examination　臨床檢查	Chelation　螯合
Cardiovascular disease (CVD) 心血管疾病	Cholecystitis　膽囊炎
Congestive heart failure (CHF) 鬱血性心臟衰竭	Coronary heart disease (CHD) 冠狀動脈心臟病
Cancer　癌症	Cholelithiasis　膽石病
Carcinogens　致癌因子	Cigarette smoking　吸菸
Cardiac sphincter　賁門括約肌	Colitis　大腸炎
Carotenoids　類胡蘿蔔素	Collagen　膠原
Catabolism　異化作用	Coma　昏迷
Cerebral hemorrhage　腦溢血	Complementarity　互補的
Chylomicron　乳糜微粒	Congenital　先天的
Coronary artery disease 冠狀動脈病	Constipation　便祕

Creatinine height index (CHI) 肌酸酐升高指數	Cryptoxanthine 玉米黃素
Cerebrovascular accident (CVA) 腦血管意外	Cytochrome 細胞色素
Calciferol 鈣化醇	Cytoplasm 細胞質
Calculus 結石	Cell-mediated immunity 細胞中介性免疫
Calorimetry 熱量計	Cephalin 腦磷質
Carbonic acid 碳酸	Cholecystokinin 膽囊收縮素
Carotene 胡蘿蔔素	Choline 膽鹼
Catabolism 分解代謝	Chondroitin sulfate 硫酸軟骨
Catalyst 催化劑	Colloid 膠狀質
Cation 陽離子	Complement system 補體系統
Cortex 皮質	Clostridium 梭菌屬
Creatine 肌酸	Coagulation 凝固
Creatinine 肌酸酐	Coenzyme 輔酶
Centimeter 厘米；公分	Cone cell 柱細胞
Commensal 共生物	Cytosine 胞嘧啶
Commensalisms 共生現象	Corpus luteum 黃體

4. D：

Dietary fiber 膳食纖維	Dipeptide 雙胜肽鍵
Decarboxylation 脫羧反應	Deamination 脫胺作用
Dysentery 痢疾	Dyspepsia 消化不良
Decidua basalis 基底蛻膜	Dyspnea 呼吸困難
Dipeptidase 雙胜肽酶	Dysphagia 吞嚥困難
Dietary Intakes 飲食攝取	Dopamine 多巴胺

Drug-food Interactions 藥物－食物的交互作用	Diastolic blood pressure　舒張壓
Dysosmia　嗅覺不良	Dehydrogenases　去氫酶
Daily value　每日營養素參考值	Denaturation　變性作用
Dental caries　齲齒	Diuresis　利尿
Deoxyribonucleic acid (DNA) 去氧核糖核酸	Dioxy- or dihyroxyphenylalanine (DOPA)　多巴（二羥基苯丙胺酸）
Diabetes mellitus　糖尿病	Distal　遠端的
Disaccharide　雙醣類	Disaccharidase　雙醣酶
Diverticulosis　憩室病	Dermatitis　皮膚炎
DRI　飲食建議攝取量	Dextrin　糊精
Duodenum　十二指腸	Dicoumarin　雙香豆素
Diet　飲食	Diffusion　擴散
Dietary guidelines for Americans 美國人的飲食指南	Dehydrocholesterol　去氫膽固醇
Dietary recommendations　飲食建議	Diglyceride　二甘油酯
Digestion　消化	Dysgeusia　味覺異常
Deficiency　缺乏症	
Dental caries　蛀牙	Diethylstilbestrol (DES)　乙烯雌酚
Diverticulum　憩室	Deciliter　分升

5. E：

Enteral nutrition　腸道營養	Epinephrine　腎上腺素
Essential amino acid　必需胺基酸	Epithelium　上皮
Extracellular fluid (ECF)　細胞外液	Ergogenic　生力的
Endometrium　子宮內膜	Ergosterol　麥角固醇
Embryo　胚胎	Erythrocyte　紅血球
Ectoderm　外胚層	Erythropoiesis　紅血球細胞生成

Endoderm 內胚層	Emulsion 乳液
Eclampsia 子癇症	Endogenous 內源性的
Esophagus 食道	Etiology 病因
Emulsifier 乳化劑	Exacerbation 惡化
Essential fatty acid 必需脂肪酸	Exogenous 外源的
Energy system 能量系統	Extracellular 細胞外的
Effect of eating 飲食效應	Exudate 滲出液
Electrolytes 電解質	Environmental Protection Agency 環境保護局
Edema 水腫	Empty calories 空營養食物
Emaciation 耗弱	Energy-yielding nutrients 產能營養素
Emulsion 乳化液	Epiglottis 會厭軟骨
Endemic 地區性的	Essential nutrients 必需營養素
Endocrine 內分泌	Exchange system 轉換系統
Endoplasmic reticulum 內質網	Enzyme 酶
Enrichment 維生素添加（強化）	Elastin 彈性蛋白
Enteritis 小腸炎	Emaciation 消瘦
Enterogastrone 腸性胃抑素	Enterocrinin 腸激素
Enteropathy 腸病變	Enterohepatic cycle 腸肝循環
Epidemiology 流行病學	Enterokinase 腸激酶
Estrogen 動情素（雌性素）	Enteropathy 腸病
Exocrine 外分泌	Edible fat 食用脂
Edible oil 食用油	Edible cream 食用乳油

6. F：

Fasting hypoglycemia　禁食型低血糖	Febrile　發燒
Fat-soluble vitamins　脂溶性維生素	Fortification　營養強化
Fatty acids　脂肪酸	Fetal alcohol syndrome 胎兒酒精症候群
Flavor　口味	Folacin　葉酸
Fluoride　氟化物	Fluoridation　加氟
Fluorosis　氟中毒	Flavoprotein　黃素蛋白
Food guide pyramid　食物指南金字塔	Flatulence　脹氣
Food guides　飲食指南	Fistula　瘻管
Free radicals　自由基	Fibrosis　纖維化
Fructose　果糖	Ferritin　鐵蛋白
Fahrenheit　華氏	Febrile　發燒
Flavin adenine dinucleotide, oxidized form (FAD) 氧化型黃素腺嘌呤二核苷酸	Favism　蠶豆病
Food and Agriculture Organization 食品農業組織	Flavin adenine dinucleotide, reduced form (FADH) 還原型黃素腺嘌呤二核苷酸
Free fatty acid　游離脂肪酸	Food and Drug Administration 食品藥物管理局
Flavin mononucleotide 黃素單核苷酸	Fatty acid synthase　脂肪酸合成
Follicle-stimulating hormone 濾泡刺激素	Familial　家族的
Folic acid　葉酸	Federal Trade Commission 聯邦工會委員會

Fiber　纖維	Fetus　嬰兒
Fluorine　氟	Follicular hyperkeratosis 毛囊性皮膚角化症
Food behavior　飲食行為	Fat body　脂肪體
Follicle　濾泡	Fat covering　脂肪附著

7. G：

Growth　體內細胞	Guanine　鳥嘌呤
Geriatric　老年學	Goitrogen　致甲狀腺腫物
Gingivitis　齦炎	Goiter　甲狀腺腫
Gliadin　麥膠溶蛋白	Glycosuria　糖尿
Globulin　球蛋白	Glycolysis　糖解作用
Glomerulus　腎絲球	Glycogenesis　肝醣生成
Glossitis　舌炎	Glycogen loading　肝醣負荷
Glucagons　升血糖激素	Glycogen　肝醣
Glucocorticoid　糖皮質	Glycerol　甘油
Glucogenic　生成葡萄糖的	Glyceride　甘油酯
Gluconeogenesis　葡萄糖新生	Gluten　麩質
Glucose　葡萄糖	Glutathione　麩胱甘肽
Galactose　半乳糖	Gastrectomy　胃切除術
Galactosemia　半乳糖血症	Gastrin　胃泌激素
Gene　基因	Genetic　遺傳性
Glomercular filtration rate 腎小球過濾率	Gastrointestinal tract　胃腸道的
Gram　克	Glucocorticoid　糖性類皮質酮
Gonadotropin　生殖激素	Gelatinization　糊化作用
Germ　胚芽	Gravida　孕婦

Gastroenteritis　腸胃炎	Growth Horne　生長激素
Glucose tolerance factor 葡萄糖耐受因子	Gestational-diabetes mellitus 妊娠糖尿病
Growth velocity　生長速率	Gerontology　老人醫學
Geriatrics　老人病科	Galactocerebroside　半乳腦苷醇
Galactan　聚半乳糖	Galactokinase　半乳糖激酶
Galactase　半乳糖酶	Galactolipid　半乳糖脂
Galactitol　半乳糖醇	Galactometer　乳液比重計
Gall　膽汁	Gastric juice　胃液
Gall bladder　膽囊	Gastric glands　胃腺
Gall bladder disease　膽囊疾病	Gastric ulcer　胃潰瘍
Gallic acid　五倍子酸	Gastritis　胃炎
Gallon　加侖	Gastroptosis　胃下垂

8. H：

Height　身高	Hematuria　血尿
Heme　血基質	Hemochromatosis　血紅色素沉著症
Heme　iron　血基質鐵	Hemorrhage　出血
Hemicellulose　半纖維素	Hemopoietic, Hematopoietic　生血的
Hemoglobin　血紅素	Hemosiderin　含鐵血黃素
Hemolytic　溶血的	Hepatic　肝的
Hemopoietic　造血的	Hepatomegaly　肝腫大
Hemorrhoid　痔瘡	Heterozygous　異型結合性
Hemosiderin　血鐵質	Hyposmia　嗅覺減退
Hormone　激素	Hypokalemia　低血鉀症
Hydrogenation　氫化	Hypoglycemia　低血糖症
Hyperactiving　精力旺盛	Hypogeusia　味覺減退

Hypercalcemia　高血鈣症	Hypochromic　著色不足
Hypercalciuria　高鈣尿症	Hypochlorhydria　胃酸分泌不足症
Hyperchlorhydria　高胃酸症	Hypervitaminosis　維生素過多症
Hyperchromic　血色過深的	Hyperuricemia　高尿酸血症
Hyperemesis　劇吐	Hexose　六碳糖
Hyperemia　充血	Histidine　組胺酸
Hyperesthesia　感覺過敏	Homeostasis　恆穩狀態
Hyperglycemia　高血糖症	Homozygous　同型結合性
Hyperkalemia　高血鉀症	Hematocrit　血球比容
Hyperkinesis　過度好動	Hospice　病患之家
Hyperlipoproteinemia　高脂蛋白血症	Humoral immunity　液體免疫
Hypernatremia　高血鈉症	Hydrogenation　氫化作用
Hyperphagia　食慾增加	Hydrolysate　水解產物
Hyperplasia　細胞增生	Hydrolysis　水解作用
Hypertension　高血壓	High-density lipoprotein 高密度脂蛋白
Hypertriglyceridemia 高三酸甘油酯血症	Hyperphagia　飲食亢進
Hypertrophic　肥大的	Hydroxyapatite　羥磷灰石
Hypoalbuminemia　低白蛋白血症	Hyperesthesia　感覺過敏
Hypocalcemia　低血鈣症	Hemoglobin　血紅素
Hypochlorhydria　胃酸分泌不足症	Hematocrit　血細胞比容
Hypothalamus　下視丘	Hyperplasia　增生

9. I：

Idiopathic　原因不明的	Idiopathic　特發的，自發的
Ileum　迴腸	Idiosyncrasy　特異體質
Implanting　植入期	Ileus　腸阻塞
Infant　嬰兒	Inositol　肌醇
Infarction　梗塞	Interstitial　間質的
Insulin　胰島素	Intracellular　細胞內的
Intrinsic factor　內在因子	Intravenous　靜脈內的
Iodin　碘	Ionize　游離
Iodopsin　視紫質	Ischemia　局部出血
Ischemia　缺血	Isoleucine　異白胺酸
Isocaloric　等熱量的	Isotopes　同位素
Ion　離子	Insulin-dependent diabetes mellitus 胰島素依賴型糖尿病
Iron　鐵	Iatrogenic　醫源性的
Idole　吲哚	Icterus index　黃疸指數
Idole reaction　吲哚反應	Ileitis　迴腸炎
Idole test　吲哚試驗	Infantile death　嬰兒死亡
Infancy　嬰兒期	Infantile diarrhea　嬰兒腹瀉
	Infection　感染

10. J：

Jaundice　黃疸	Joule　焦耳
Jejunum　空腸	Jute　黃麻
Jelly　果膠	Juniper　杜松
Jelly tester　膠度計	Juiciness　多汁性

11. K：

Ketogenesis　產酮作用，酮生成	Krebs cycle　克雷布斯循環
Ketone　酮	Kwashiorkor　加西卡病，瓜西奧科兒症
Ketosis　酮血症	
Kilocalorie　千卡；大卡	Keratomalacia　角膜軟化
Kwashiorkor　紅孩病	Katabolism　分解代謝
Keratin　角蛋白	Kathepsins　組織蛋白
Kansui　鹼水	
Kanten　洋菜	Keratinization　角化作用
Karell diet　卡氏膳食	Ketals　縮酮
Kephalin　腦磷脂	Keto acid　酮酸

12. L：

Lactation　哺乳期	Lamina propria　固有層
Lactic acid　乳酸	Lecithin　卵磷脂
Lactose intolerance　乳糖不耐症	Leucine　白胺酸
Lignin　木質素	Limiting amino acid　限制胺基酸
Lipid　脂肪	Linoleic acid　亞麻油酸
Lipogensis　脂肪合成	Linolenic acid　次亞麻油酸
Lipolysis　脂肪分解	Lipase　脂肪酶
Lithiasis　結石病	Lipoprotein　脂蛋白
Lysosomes　溶小體	Lipotropic　親脂肪的
Labile　不穩定的	Low-density lipoproteins 低密度脂蛋白
Lactalbumin　乳白蛋白	Lutein　黃體素
Lysine　離胺酸	Lymphocytes　淋巴球
Lysosomes　溶酶體	Latent enzyme　潛伏酶

Latent heat　潛熱	Latent infection　潛伏感染
Latent heat load　潛食負載	Latent period　潛伏期
Latent virus　潛伏病毒	Lecithin　卵磷脂

13. M：

Macrocyte　巨紅血球	Mucin　黏蛋白
Malaise　倦怠；不適	Mucopolysaccharide　黏多醣
Malignant　惡性的	Mucoprotein　黏蛋白
Marasmus　消瘦症	Mucosa　黏膜
Maternity care　妊娠照顧	Mycotoxin　黴菌毒素
Megaloblast　巨母紅血球	Myelin　髓鞘質
Menarche　月經	Myocardium　心肌
Menopause　停經	Myoglobin　肌紅素
Morbidity　罹病率	Myosin　肌凝蛋白
Motility　可動性	Methionine　甲硫胺酸
Myoglobin　肌紅素	Morbidity　發病率
	Microcyte　小紅血球
Metabolic pool　代謝池	Microvilli　微絨毛
Maltose　麥芽糖	Milliequivalent (mEq)　毫克當量
Menadione　甲萘醌	Mitochondria　粒線體
Metastasis　轉移	Monosaccharide　單醣
Monounsaturated　單不飽和的	

14. N：

Nausea　噁心	Necrosis　壞死
Necrosis　壞死	Neuropathy　神經病變
Neonatal　新生兒的	Neurotransmitter　神經傳導物質
Neoplasm　贅生物	Niacin　菸鹼酸

Nephron　腎元	Niacin equivalent　菸鹼酸當量
Necrosis　壞死	Nicotinic acid　菸鹼酸
Nocturia　夜間頻尿	Nitrosamine　亞硝胺
Nutrient　營養素	Nonheme iron　非血紅素鐵
Nutrient density　營養密度	Norepinephrine　正腎上腺素
Nyctalopia　夜盲	National Center for Health Statistics 全美健康統計中心
Nicotinamide adenine dinucleotide 菸醯胺腺嘌呤雙核苷酸	Noninsulin-dependent diabetes mellitus 非胰島素依賴型糖尿病
Nicotinamide adenine dinucleotide Phosphate 菸醯胺腺嘌呤雙核苷酸磷酸鹽	National Food Consumption Survey 國家食物消費調查
National Academy of Science 國家科學院	Nonesterified fatty acid 未酯化脂肪酸
Nucleic acid　核酸	Nanogram　納（奈）克
Nucleoprotein　核蛋白	Nonprotein nitrogen　非蛋白氮
Nucleotide　核苷酸	Nothing by mouth　不經口進食
National Research Council 國家研究委員會	Net protein utilization 蛋白質淨利用率

15. O：

Obesity　肥胖	Oleic acid　油酸
Oral contraceptive　口服避孕藥	Oliguria　尿過少
Osteoblast　造骨細胞	Ophthalmia　眼炎
Osteoclast　噬骨細胞	Opsin　視紫蛋白
Osteomalacia　骨軟化症	Osmolality　滲透度
Osteoporosis　骨質疏鬆症	Osmosis　滲透

Oxidation　氧化	Ossification　骨化
Oxytocin　催產素	Oxalic acid　草酸
Obesity drug　減肥藥	Occult blood　隱血

16. P：

Pellagra　癩皮病	Palmitic acid　棕櫚酸
Paresthesia　感覺異常	Pancreozymin　胰泌素
Parturition　生產	Pantothenic acid　泛酸
Perinatal　出生前後的	Parathormone　副甲狀腺素
Periodontal　牙周的	Parenchyma　主質
Peristalsis　蠕動	Parenteral　非腸道的
Pica　異食症	Pinocytosis　胞飲作用
Placenta　胎盤	Parturition　分娩
Plaque　塊，板	Pathology　病理學
Plasma　血漿	Pectin　果膠
Polyneuritis　多發性神經炎	Plaque　斑
Polyphagia　多食症	Pentose　戊糖
Polysaccharide　多醣類	Photosynthesis　光合作用
Polyunsaturated fatty acid 多元不飽和脂肪酸	Phytic acid　植酸
Precursor　先質	Prophylaxis　預防
Preeclampsia　子癇前症	Prosthetic group　酶輔基
Premature　早產兒	Protease　蛋白酶
Prenatal　產前	Protein efficiency ratio 蛋白質利用效率
Preschool child　學齡前兒童	Proteinuria　蛋白尿症
Progesterone　黃體脂酮	Proteolytic　蛋白水解的
Prognosis　預後	Prothrombin　原生質

Prolactin 泌乳激素	Provitamin 維生素原
Prostaglandins 前列腺素	Proximal 近端的
Prothrombin 凝血酶原	Puerperium 蝶醯穀胺酸
Provitamin 維生素前質	Puerperium 產褥期
Peptone 蛋白腺	Purine 嘌呤
Perinatal 產期的	Pyridoxal phosphate 磷酸吡哆醛
Polyphagia 貪食症	Pyridoxine 吡哆醇
Polysaccharide 多醣	Pyruvic acid 丙酮酸
Phagocyte 吞噬細胞	Phosphoprotein 磷蛋白
Phenylalanine 苯丙胺酸	Phosphorylate 磷酸化
Phenylketonuria 苯丙酮尿症	Precipitin 沉降素
Phospholipid 磷脂	

17. Q：

Quail egg 鵪鶉蛋	Quadrivalent 四價
Quantity of flow 流量	Quanta 量子
Quantity of heat 熱量	Quantity 定量
Quantity of state 狀態量	Quick lime 生石灰

18. R：

Regurgitation 反胃；逆流	Retinal/Retinene 視黃網
Relapsing 復發	Retinol 視網醇
Remission 緩解	Retinol equivalent 視網醇當量
Renal 腎的	Retinopathy 視網膜病變
Renal threshold 腎閾值	Rhodopsin 視紫質
Renin 腎活素	Riboflavin 核黃素
Rennin 凝乳酶	Ribonucleic acid(RNA) 核糖核酸

Repletion　充滿的	Ribose　核糖
Resection　切除	Ribosomes　核糖體
Residue　渣	Rickets　佝僂病
Resorption　再吸收	Rick factor　危險因子
Reticulocyte　網狀血球	Reticuloendothelium　網狀內皮組織
Respiratory quotient　呼吸商	Raw cream　生乳油
Redox　氧化還原	Redox lipid　氧化還原脂質

19. S：

Saccharin　糖精	Serum　血清
Salmonella　沙門氏菌	Siderophilin　轉鐵蛋白
Saponification　皂化作用	Somatic　軀體的
Satiety　飽足感	Somatostatin　抑胰高血糖
Saturated　飽和	Sorbitol　山梨醇
Scurvy　壞血病	Sphincter　括約肌
Secretin　促胰液激素	Sphingomyelin　神經鞘磷酯
Sepsis　敗血症	Stachyose　水蘇四糖
Serotonin　腦激胺素	Staphylococcus　葡萄球菌屬
Stasis　鬱血	Stenosis　狹窄
Steapsin　胰脂酶	Steroid　類固醇
Stearic acid　硬脂酸	Sterol　固醇
Steatorrhea　脂肪痢	Stomatitis　口角炎
Succinic acid　琥珀酸	Substrate　受質
Sucrose　蔗糖	Systemic　全身的
Syndrome　症候群	Synthesis　合成
Synergism　相乘效應	Salinity　鹽度
Salt depletion　鹽分缺乏症	Salicylic acid　水楊酸

20. T：

Tachycardia　心跳過速	Transamination　轉胺作用
Testosterone　睪固酮	Transferase　轉移酶
Tetany　抽搐	Transferrin　轉鐵蛋白
Thiamin　硫胺	Trauma　損傷
Threonine　絲胺酸	Trichinosis　旋毛蟲病
Thrombus　血栓	Triglyceride　三酸甘油
Thymine　胸腺嘧啶	Trypsin　胰蛋白酶
Thyroxine　甲狀腺素	Tryptophan　色胺酸
Tocopherol　生育醇	Tyramine　酪胺
Toxemia of pregnancy　妊娠毒血症	Tyrosine　酪胺酸
Teaspoon　茶匙	Thyroid-stimulating hormone 甲狀腺激素
Triceps skinfold 三頭肌皮褶	Thioester　硫酯

21. U：

Urea　尿素	Uric acid　尿酸
Uremia　尿毒症	Underweight　體重不足
Undernutrition　營養不足	Unit　單元

22. V：

Valine　纈胺酸	Visual purple　視紫質
Vegan　純素食者	Very-low-birth-weight 極低體重嬰兒
Vegetarian　素食者	Very-low-density lipoproteins 極低密度脂蛋白
Villus　絨毛	Visceral　內臟的

Vasopressin　血管收縮素	Visible fats　可見性脂肪
Vegetable gum　植物膠	Vegetable oil　植物油

23. W：

World Health Organization 世界衛生組織	Women infants children nutrition program　婦女嬰兒和兒童營養計畫
Wean　斷奶	Water balance　水平衡
Wine coolers　葡萄酒	Whole grain　全穀類
Work metabolism　活動代謝	Whole plasma　全血漿
Wood spirit　木精	Weeping　滲出液
Whole milk　全脂乳	Water metabolism　水代謝

24. X：

Xerosis　乾燥病	Xanthomatosis　脂肪瘤症
Xerophthalmia　乾眼症	Xylose　木糖
Xanthine　黃嘌呤	Xylulose　木酮糖
Xanthophyll　葉黃素	Xylan　聚木糖（木膠）

25. Y：

Yolk protein　卵黃蛋白質	Yolk index　卵黃係數
Yolk sac　卵黃囊	Yolk lecithin　卵黃卵磷脂
Yolk　卵黃	Yolk lipid　卵黃脂質
Yolk color　卵黃色	Yolk mottling　卵黃斑紋現象
Yeast　酵母	Yellowing　黃變

26. Z：

Zein　玉米蛋白	Zeaxanthin　玉米黃質
Zymogen　酶原	Zeatin　玉米素
Zephiran　界面活性劑	Zeolite　沸石
Zinc　鋅	Zinc poisoning　鋅中毒
Zinc gluconate　葡萄糖酸鋅	
Zymurgy　釀造學	Zymosterol　酵母固醇

Chapter 10

食品營養成分英文

班級：＿＿＿＿＿＿＿ 系(科) ＿＿＿年 ＿＿＿＿班 ＿＿＿號

姓名：＿＿＿＿＿＿＿ 繳交日期：＿＿＿年 ＿＿月 ＿＿日

名詞解釋與全名書寫

1. Therapeutic dietetics＿＿＿＿＿＿＿＿＿＿＿＿＿＿＿＿＿＿＿＿＿＿

2. Nutrients＿＿＿＿＿＿＿＿＿＿＿＿＿＿＿＿＿＿＿＿＿＿＿＿＿＿＿＿

3. Dietary fiber＿＿＿＿＿＿＿＿＿＿＿＿＿＿＿＿＿＿＿＿＿＿＿＿＿＿

4. Anti-pernicious anemia factor＿＿＿＿＿＿＿＿＿＿＿＿＿＿＿＿＿＿

5. Essential amino acid＿＿＿＿＿＿＿＿＿＿＿＿＿＿＿＿＿＿＿＿＿＿

6. CHI＿＿＿＿＿＿＿＿＿＿＿＿＿＿＿＿＿＿＿＿＿＿＿＿＿＿＿＿＿＿＿

7. CHD＿＿＿＿＿＿＿＿＿＿＿＿＿＿＿＿＿＿＿＿＿＿＿＿＿＿＿＿＿＿＿

8. BMR＿＿＿＿＿＿＿＿＿＿＿＿＿＿＿＿＿＿＿＿＿＿＿＿＿＿＿＿＿＿＿

9. BMI＿＿＿＿＿＿＿＿＿＿＿＿＿＿＿＿＿＿＿＿＿＿＿＿＿＿＿＿＿＿＿

10. BUN＿＿＿＿＿＿＿＿＿＿＿＿＿＿＿＿＿＿＿＿＿＿＿＿＿＿＿＿＿＿＿

二、文章翻譯

Dietitians are health professionals who specialize in human nutrition, meal planning, economics, preparation, and so on. There are seven major classes of nutrients: carbohydrates, fats, fiber, minerals, proteins, vitamins, and water. Other micronutrients not categorized above include antioxidants and phytochemicals. Most foods contain a mix of some or all of the nutrient classes. Some nutrients are required on a regular basis, while others are needed less frequently. Poor health can be caused by an imbalance of nutrients, whether an excess or a deficiency.

_____

_____

_____

_____

_____

_____

_____

_____

CHAPTER **11**

Technical English in Food Science

如何讀寫科學性文章
與準備專題簡報

11-1 科學性文章的一般分類

1. 導覽型科文章(Tutorial paper)：出自名家，言簡易賅、觀念剔透，專為初入門者而寫，讀起來收穫極豐富，非常值得閱讀。

2. 調查型科學文章和綜評型科文章(Survey papers and review papers)：將特定主題近年的研究方向概括整理敘述，並給予大量的參考文獻，是瞭解任何主題近況最佳利器，資料的參考性重於觀念的啟發。

3. 完整型科學文章和技術型科學報告（或短篇型報告）(Full papers and technical reports (or short papers))：Full papers 範圍較為完整，講解較詳細；Short papers 分量較少，報告個別研究成果。

11-2 如何閱讀或撰寫科學性文章

科學性文章要求的是清晰易讀，可快速獲得訊息並瞭解其意義，並使用適當的語言所組成，通常為英文。

一、定義(Definition)

一篇科學性文章是書寫和出版描述原始研究結果的報告。(A scientific paper is a written and published report describing original research results.)

二、如何準備科學性文章的標題
(How to Prepare the Title in the Paper)

1. 標題明確(Need for specific titles)：盡可能使用最少的字眼但足夠描述文章的內容。(The fewest possible words that adequately describe the contents of the paper.)

2. 文句結構的重要性(Importance of syntax)：文字的順序與文法要正確，如使用第一人稱(Person)，注意時態(Tense)，盡量使用主動語態(Active voice)，避免使用俗語(Slang)等。

3. 縮寫和專門術語(Abbreviations and jargon)：盡量避免使用。

4. 系列標題(Series titles)：盡可能不使用系列標題。

三、如何排序作者姓名(How to List the Authors)

1. 資深作者(First author or senior author)：排第一順位。

2. 姓名格式(Consistent form of the name)：排列順序為首名(First name)，中間名(Middle name)第一個字母和姓氏(Last name)。

四、如何編列通訊住址(How to List the Addresses)

1. 一位作者附上一個通訊處。

2. 期刊註腳常見「To whom inquires regarding the paper should be addressed.」，意思即表示想查詢本文章相關事宜，請寄送至此人。

五、如何準備文章中的摘要
(How to Prepare the Abstract in the Paper)

　　摘要的目的是簡扼說明研究主題與主要研究成果。摘要可以定義為一篇文章資訊的總結(A summary of the information in a document)。可分為以下四點：

1. 敘述研究的主要目的和範圍(State the principal objective and scope of the investigation)。

2. 敘述所使用的方法(Describe the methodology employed)。

3. 總結結果(Summarize the results)。

4. 敘述主要的結論(State the principal conclusions)。

六、如何在文章中寫前言
(How to Write the Introduction in the Text)

前言部分通常先講述問題起源與背景，其次扼要介紹過去相關的研究成果，並對各種方法的優缺點簡要評述，然後總結出目前在該主題中的未解問題，並明確說明本研究想突破的關鍵，最後說明全文各節的編排方式與各節的主題或主要研究成果。詳述如下：

1. 提供足夠的背景資料(Supply sufficient background information)。

2. 簡單明瞭的敘述目的(State briefly and clearly the purposes)：可依以下五點規則書寫，另引用文獻與縮寫(Citations and abbreviations)也在前言中提及與定義：

   (1) 敘述所要探究問題的本質和範圍(Present first the nature and scope of the problem investigated)。

   (2) 回顧相關的文獻來導引讀者(Review the pertinent literature to orient the reader)。

   (3) 敘述研究的方法(State the method of investigation)。

   (4) 敘述主要的研究結果(State the principal results of the investigation)。

   (5) 敘述由結果得到的重要結論(State the important conclusions of the results)。

七、如何在文章中寫材料與方法
(How to Write the Materials and Methods in the Text)

1. 提供足夠的訊息能使同行可以重複實驗(To provide enough detail that a competent worker can repeat the experiments)。

2. 特殊技術(Technical specifications)：

   (1) 用量(Quantities)。

   (2) 來源或製備方法(Source or method of preparations)。

   (3) 使用俗名或化學名稱(Use generic or chemical name)。

3. 測量與分析(Measurements and analysis)：

(1) 精確(Be precise)。

(2) 需要參考文獻(Need for references)。

八、如何寫最終結果(How to Write the Final Results)

1. 描述整個實驗(Overall description of the experiments)。

2. 呈現數據(Present the data)：力求簡潔(Strive for clarity)，避免冗長(Avoid redundancy)。

九、如何寫最終結論與討論
(How to Write the Final Conclusion and Discussion)

結論部分是總結本文所報告的主要研究成果，也可指出該方法的限制與適用範圍，並建議未來的研究方向。即主要的目的，是顯示各項觀察到的事實之間的關係(The primary purpose, to show the relationships among observed facts.)。

討論的總結應該為有關實驗重要性的一個簡短的摘要或結論(Discussion should end with a short summary or conclusion regarding the significance of the work.)。敘述內容可包括以下六點：

1. 表達結果所呈現出來的原理、關係和通則(Present the principles, relationships, and generalizations show by the results.)。

2. 指出任何的例外或任何缺乏的關聯，並定義尚未解決的問題(Point out any exceptions or any lack of correlation, and define unsettled points.)。

3. 顯示自己的結果和詮釋如何與先前已發表的成果一致（或對比）(Show how your results and interpretations agree(or contrast)with previously published work.)。

4. 別害羞，討論自己結果的理論涵義及任何可能的應用(Don't be shy; discuss the theoretical implications of your work, as well as any possible applications.)。

5. 盡可能清楚的陳述自己的結論 (State your conclusions, as clearly as possible.)。

6. 將自己的證據歸納出每一項結論 (Summarize your evidence for each conclusion.)。

十、如何陳述致謝詞
(How to State the Acknowledgments)

感謝任何重要的協助和所有外來的經費支援 (To acknowledge any significant help and any outside financial assistance)。

十一、如何標註參考文獻
(How to Cite the References)

1. 僅列出重要已刊出的參考文獻(List only significant published references)。

2. 將每篇參考文獻的所有部分與原出版品加以對照(Check all parts of every reference against the original publication)。

3. 參考文獻的格式(References styles)：

◆ 姓名與年份系統(Name and year system)

(1) Chen, K. S., F. R. Chang, Y. C. Chia, T. S. Wu, and Y. C. Wu. 1998. Chemical Constituents of *Neolitsea parvigemma* and *Neolitsea konishii*. J. Chin. Chem. Soc. 45: 103-110.

(2) Chia, Y. C., J. B. Wu, and Y. C. Wu. 2000. Two Novel Cyclopentenones from *Fissistigma oldhamii*. Tetrahedron Lett. 41: 2199-2201.

(3) Hsieh, T. J., F. R. Chang, Y. C. Chia, C. Y. Chen, H. C. Lin, H. F. Chiu, and Y. C. Wu. 2001. The Alkaloids of *Artabotrys uncinatus*. J. Nat. Prod. 64: 1157-1161.

◆ 字母與數字系統(Alphabet-number system)

(1) Chen, K. S., F. R. Chang, Y. C. Chia, T. S. Wu, and Y. C. Wu. 1998. Chemical Constituents of *Neolitsea parvigemma* and *Neolitsea konishii*. J. Chin. Chem. Soc. 45: 103-110.

(2) Chia, Y. C., J. B. Wu, and Y. C. Wu. 2000. Two Novel Cyclopente- nones from *Fissistigma oldhamii*. Tetrahedron Lett. 41: 2199-2201.

(3) Hsieh, T. J., F. R. Chang, Y. C. Chia, C. Y. Chen, H. C. Lin, H. F. Chiu, and Y. C. Wu. 2001. The Alkaloids of *Artabotrys uncinatus*. J. Nat. Prod. 64: 1157-1161.

◆ 文獻引用次序系統(Citation order system)

(1) Chia, Y. C., Wu, J.B., Wu, Y.C. Two Novel Cyclopentenones from *Fissistigma oldhamii*. Tetrahedron Lett 2000; 41: 2199-2201.Chen KS, Chang FR, Chia YC,

(2) Hsieh TJ, Chang FR, Chia YC, Chen CY, Lin HC, Chiu HF, Wu YC. The Alkaloids of *Artabotrys uncinatus*. J Nat Prod 2001; 64: 1157-1161.

(3) Wu TS, Wu YC. Chemical Constituents of *Neolitsea parvigemma* and *Neolitsea konishii*. J Chin Chem Soc 1998; 45: 103-110.

11-3 如何選擇需要的科學性文章

一、先看標題與摘要

在圖書館尋找翻讀一篇論文時,首先看標題,進行判斷是否與研究有關。若主題相關,再看看摘要,更仔細判斷研究主題與成果是否對我們有參考價值,若然可以,再印回來準備細讀。

二、閱讀前言

　　細讀前先看前言，以便瞭解作者的訴求，也可從他對前人的評論，推敲出該研究主題的思考核心與評價的指標。

三、找出研究主要成果與結論

　　看完前言瞭解全文重點後，應該以速讀的方式找到敘述研究主要成果的段落，用螢光筆標出來，先不去細讀，直接跳到結論，看作者是否指出或暗示出該方法的弱點，再回到本文找出該方法的所有假設，瀏覽本文對研究成果的敘述，然後根據文章的假設是否能成立，判斷該研究成果的適用範圍。

四、判斷其參考價值

　　根據文章主要成果與問題的本質，判斷該文的成果是否有重要參考價值。

五、判讀該文是否有隱藏的缺陷

　　依據結論所指出的缺陷與從相關文獻判斷出來之問題點，判斷該文是否有任何隱藏的缺陷。

六、決定是否要細讀該文

　　最後根據以上判斷總結該文之主要成果與主要缺陷，並從而決定是否要細讀該文章，並找出該突破所以能達成的創新思維與重要技術。

七、歸納結論

　　最後歸納出 7 項結論：

1. What are the important considerations in the special topic of research ?

2. What are the existing approaches for the special topic of research ?

3. What are their relative merits and disadvantages ?

4. If this paper has any relative merits, how are they achieved ?

5. If the paper has any disadvantages, what are the causes for them ?

6. How to avoid such shortages in your proposed approach ?

7. If they are unavoidable, what are the reasons for ?

11-4　如何準備與進行專題簡報

一、簡報的定義

　　簡報的目的在傳達訊息，因此簡報，其實就是以言語配合其他表現方式，分享重要訊息與資訊，讓大家瞭解或注意並被說服。簡報也是說服的藝術，要說服觀眾接受我們的觀點，要抓住觀眾的注意力，然後幫助觀眾清楚地瞭解我們要傳達的訊息，引導觀眾同意我們的觀點，最後建立共識。

二、簡報的規劃

　　準備簡報時，所要考慮的不僅是如何將所準備的材料經過篩選、轉化及呈現而已，最重要的是必須將一份簡報的基本主體做系統性的考量，您必須徹底瞭解：您自己、您的簡報主題及您的聽眾。以下為規劃簡報的六大步驟：

1. 訂定明確的簡報目標：

 (1) 簡報方向是以提供訊息為主或是採用說服式的，需在規劃簡報時就決定。

 (2) 如何使聽眾相信您是可靠且值得信服的，在規劃簡報時即應掌握的方向。

 (3) 簡報重點需擺在聽眾認為重要的要素上。

2. 確定分析您的聽眾：

 (1) 聽眾為什麼會來聽我們演講，想從我們的演講中得到什麼？

 (2) 我們的簡報內容能不能符合聽眾的需求？

(3) 聽眾的人數有多少？

(4) 聽眾對主題的熟悉程度如何？所有人都很熟悉，還是只有部分人熟悉？

(5) 聽眾的背景、教育程度、工作性質等的同質性有多高？

(6) 是否選擇聽眾需要與喜歡的資訊？

3. 開始準備簡報：

(1) 簡報最主要的目的是傳達訊息，明確界定所要敘述的內容，內容與此目標無關的，都不應該在簡報中出現。

(2) 簡報設計的原則是化繁為簡，即 KISS(Keep it simple and stupid)。

(3) 準備簡報內容和寫文章是一樣的，需有條理性，先訂好題目後再列出大綱，把重要的觀念和關鍵字的關聯性架構出來，接下來再加上創意，以數據、圖表、動畫等視覺工具來輔助說明。重點說明如下：

A. 文字的使用：切記簡報是輔助我們傳達訊息，所以不要將投影片設計成小抄或腳本，照本宣科。製作投影片原則為每張投影片以傳達 5~9 個概念左右。

B. 字體大小：投影片的字體要大、行數要少，大標題至少要用 44 級以上的字。如下例：

大標題用 44 級粗體標楷體

★ 標題 1 是 32 級，再加粗，很清楚

■ 標題 2 是 28 級，再加粗，也很清楚

• 標題 3 是 24 級，再加粗，還算清楚

- 標題 4 用 20 級，再加粗，再小就看不到了

C.標題的使用：標題是每張投影片的主軸，最好是以 5~9 個字來說明。
勿用標點符號，少用縮寫。

D.簡報內容：善用數字來支持我們的觀點或是論證效果最好，多利用流
程圖、組織圖、時間表等輔助工具來進行資訊的關聯。圖表只需標題，
請勿再加上文字解釋圖表內容，另也可以多點創意，以動畫來呈現。
簡報也應尊重智慧財產權，註明資料來源，表示我們所引用資訊的權
威性。

4. 擬定簡報內容與細節：

(1) 開場白(Introduction)：第一張投影片的最上方要標明主辦單位或會議名
稱與演講主題，接著標明姓名、職稱和服務單位或是專長。

九十七學年度大仁科技大學食品科技系

專題討論說明

簡報技巧

賈宜琛
大仁科技大學食品科技系副教授
E-mail: ycchia@ccsun.tajen.edu.tw
民國 98 年 2 月 1 日

(2) 預告(Preview)：準備一張投影片標示內容大綱或以圖示表示，告訴聽眾我要講什麼，幫助聽眾掌握進度。如下例：

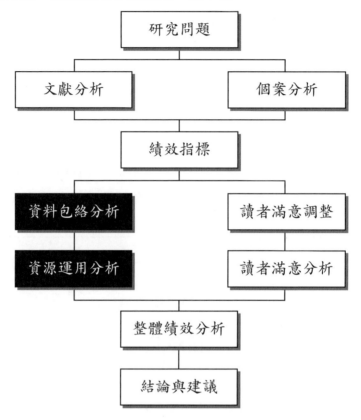

(3) 簡報主要的和次要的概念：幫助聽眾把核心概念凸顯出來，這些概念對聽眾有什麼意義，讓聽眾不費吹灰之力就捉住重點。

(4) 回顧：告訴聽眾我講過了什麼。

(5) 結論：總結簡報內容，讓聽眾了解整個的重點，最後別忘了說：「謝謝！」

5. 練習：

(1) 不斷地練習能讓您臨場不怯場。

(2) 鏡前的演練，可瞭解自己動作是否合宜。

(3) 記取前幾次失敗，在練習時，針對前次失敗之處，提醒自己不再犯錯。

6. 進行簡報：把握進行簡報三原則與技巧：

◆ 勿把簡報當演講，低頭說教要不得

(1) 您應該以一種類似談話的輕鬆方式並且尊重您的聽眾，也不一定要站在講台上。

(2) 沒有任何其他的方式，比簡報者站在講台上低著頭按著事先擬好的講稿照本宣科，會更快讓聽眾感到無趣。

(3) 適時感謝觀眾的參與，永遠說「我們」，因為「我們」表示和觀眾是同一國的。

◆ 專注觀念，傳達熱情

(1) 專注於您的觀念，藉由分散一些細節讓您的核心觀點能夠被清楚的傳達。

(2) 適當組合簡報的內容，因為您並不需要告訴聽眾，所有您知道關於這個主題的細節。

(3) 用熱情融入於簡報當中，這會讓聽眾更容易接受您的觀點。

(4) 永遠面帶微笑，用友善的語調做簡報。

◆ 適當姿勢展自信

(1) 您的姿勢是聽眾注意的重點之一，它可以賦予您更高的權威感。

(2) 在言談中充分展露自信，永遠記得在這個主題上，您知道的絕對比聽眾多。

(3) 簡報時的服裝儀容需要非常注意，男生請準備一套好點的西裝，而女生請別花俏或暴露性感，讓聽眾去注意簡報內容，而不是身上的裝飾品。

◆ 進行簡報時，可以注意的小技巧

(1) 在您開始簡報之前環視四周，並且留意聽眾的特性與分佈的位置。記得保持自然的談話模式，注意說話的速度並且避免單調平板的語調。

(2) 並且避免使用俚語或是一些特殊的用語，如粗鄙、低級的笑話、帶有種族歧視的評論，也避免使用一些陳腔濫調與一些無意義的詞彙。

(3) 在句子之間避免使用毫無意義的語氣詞，如接連不斷的 "嗯"。

(4) 在結尾的時候，不要使談話變得平淡無奇，否則在簡報中想要傳達的訊息也會很容易被聽眾遺忘。以邏輯性的方式，摘要您的觀點並將它們彙整條列出來。或者巧妙的將主題帶到下一篇簡報，並且優雅地介紹下一位簡報者出場。

7. 其他輔助簡報成功的要素：

(1) 控制時間：第一個需要下功夫的技巧就是控制時間，而且這需要相當多的準備工作，而多練習就是最好的方法。

(2) 事先預演：您可以考慮在前一天晚上預演，如此一來當您發表簡報時，可以讓您感覺從容不迫。

(3) 提前到場：記得在簡報當天提早 10 分鐘到達會場，檢查您的所有資料與設備，進行簡報前的最後一件事情，就是照照鏡子整理自己的服裝儀容。

 範例

XX 大學食品系大學部專題研究成果精簡報告

中文名稱：研究成果報告撰寫格式說明

英文名稱：Preparation of Project Reports

專題研究期間：xx 年 x 月 x 日至 xx 年 x 月 x 日

指導老師：xxxxx　　　　執行機構及單位名稱：

專題研究學生：xxxxxx　　執行機構及單位名稱：

一、中文摘要

　　本文提供一個統一格式，可供專題研究學生撰寫報告時參考使用。

關鍵詞：專題計畫、報告格式

Abstract

　　This article provides guidance for report writing under the Grant of TAJEN Institute of Technology beginning from fiscal year 1999.

Keywords：Research project, Report style

二、緣由與目的

　　本文將說明如何準備專題成果報告，其用意並非在限制專題研究學生呈現其成果的方式，而是在提供一些基本準則(Guide lines)，供專題研究學生在準備報告時有所參考。

三、研究報告應包含的內容

　　研究成果報告的內容，依序至少應包含中文摘要、計畫緣由與目的、結果與討論及參考文獻等，格式則請參考本文所提供的範例撰寫繕打[1]，篇幅以 3~4 頁為原則。

四、打字編印的注意事項

1. **用紙**：使用 A4 紙，即長 29.7 公分，寬 21 公分。

2. **格式**：中文打字規格為每行繕打（行間不另留間距），英文打字規格為 Single Space。但在本文與章節標題之間，請隔一行繕打。

   繕打時採用橫式，除題目與老師學生資料採一欄，置中對齊外，其他分兩欄，採左右對齊。每頁上下側與左右邊各留 2.5 公分，每欄的寬度是 7.75 公分，而在兩欄間相隔 0.5 公分。

3. **字體**：報告的正文以中英文撰寫均可。在字體的使用方面，可以參考本範例所選擇的字體，如英文使用 Times New Roman Font，中文使用標楷體，字體大小請以 12 級為主。

4. **頁碼**：頁碼的編寫，請以阿拉伯數字依順序標記在每頁下方中央。

5. **圖表**：圖表可以列在文中或參考文獻之後。列在文中者，一般置於欄位頂端或底端，並盡可能靠近正文中第一次提及時的地方。比較大的圖表，可以含括兩欄。各圖表請備說明內容，圖的說明應置於圖的下方，而表的說明則應置於表的上方。

五、參考文獻

[1]：行政院國家科學委員會，專題研究計畫成果報告編寫須知，民國八十二年十一月。

Chapter 11

如何讀寫科學性文章
與準備專題簡報

班級：＿＿＿＿＿＿＿系(科)＿＿＿年＿＿＿＿班＿＿＿＿號

姓名：＿＿＿＿＿＿＿繳交日期：＿＿＿＿年＿＿月＿＿日

1. Presentation is the process of showing and explaining the content of a topic to an audience. When you are presenting in front of an audience, you are performing as an actor is on stage. Speak to your audience, listen to their questions, respond to their reactions, adjust and adapt.

   _____

   _____

   _____

   _____

   _____

2. A well-written scientific paper explains the scientist's motivation for doing an experiment, the experimental design and execution, and the meaning of the results. Scientific papers are written in a style that is exceedingly clear and concise. Their purpose is to

inform an audience of other scientists about an important issue and to document the particular approach they used to investigate that issue.

_____

_____

_____

_____

_____

_____

3. The purpose of this study was to examine the changes in the contents of sugar, ethanol, organic acids, volatile compounds, pH and acidity in sugarcane wine during fermentation using *Saccharomyces cerevisia* and the consumer preference test was also conducted to investigate the optimal fermentation.

_____

_____

_____

_____

_____

4. This study evaluated the fermentation conditions including the sugar content, pH and fermentation temperature affecting the quality and consumer's preference of sugar cane wine in order to establish the optimum processing condition for sugar cane wine. It is suggested to be the reference for manufacturing process in wine industry. In addition, it can also provide the versatile utility of raw material and value-added to final products.

_____

_____

_____

_____

_____

_____

_____

MEMO /

附　錄

Technical English in Food Science

常用儀器英文單字

★ 索 引 index

Air bath　空氣浴

Air blower　鼓風機

Air compressor　壓氣機

Air compressor pump　空氣壓縮唧筒

Air condenser　空氣冷凝器

Air drier　空氣乾燥器

Air engine　空氣（發電）機

Air holder　空氣儲蓄器

Air lift　空氣升液器

Air lift pump　空氣升液唧筒

Air lift type agitator　注氣攪動器

Air oven　空氣烘箱

Air pump　空氣唧筒

Air regulator　空氣調節器

Air tester　大氣碳酸計

Air turbine　空氣渦輪

Alarm　警鈴

Alarm bell　警鈴

Alarm thermometer　警號溫度計

Albuminometer　蛋白質計

Albuminoscope　蛋白質檢驗器

Alcohol blast burner　酒精噴燈

Alcohol burner　酒精燈

Alcohol lamp　酒精燈

Alcohol stove　酒精爐

Alcoholometer　醇浮計，酒精浮計

Alkali hydrometer　鹼（液）浮計

Alkalimeter　碳酸定量器

Alkaline accumulator　鹼性蓄電池

Alpha-ray track apparatus　α 射線檢
　徑器

Alternating accumulator　交流蓄電池

Alternating current generator　交流發
　電機

Alternating current meter　交流電流計

Alternating current motor　交流電動機

Alternator　交流發動機

Amalgam electrode　汞齊電極

Amalgamator　（混汞）提金器

Ammeter　安培計

Ammoniameter　氨量計

Amperometer　安培計

Amplifier　放大器

Ampule=Ampoule　安瓿

Anaerobic culture apparatus　無空氣
　培養器

Analytical balance　分析天平

Analytical weights　分析法碼

Analyzer　分析器，檢偏光鏡

Analyzer, color　顏色分析器

Analyzer, polarization　檢偏光鏡

Aneroid barometer　無液氣壓計

Angle valve　彎角活門

Annealing furnace　緩冷爐

Annular furnace　環形爐

Anode　陽極

Anthracometer　二氧化碳測定計

Anticathode　對陰極

Apochromatic objective　消色差物鏡

Apparatus　裝置，儀器

Apparatus, alpha-ray track　α射線檢徑器

Apparatus, anaerobic culture　驗氧培養器

Apparatus, axial angle　（結晶）測角器

Apparatus, bacteria counting　細菌計數器

Apparatus, blood gas　血內氣體檢驗器

Apparatus, boiling point　沸點測定器

Apparatus, Bunte　Bunte 氣體分析器

Apparatus, calibrating　校準用器

Apparatus, conductivity　電導（測定）器

Apparatus, crystallographic　晶體測驗器

Apparatus, demonstrating　示教儀器，表演儀器

Apparatus, disinfecting　消毒器

Apparatus, distilling　蒸餾裝置

Apparatus, drenching　灑水機

Apparatus, drop weight　滴重（表面張力測定）器

Apparatus, elutriating　淘洗器

Apparatus, emulsification　乳化試驗器

Apparatus, extraction　萃取器

Apparatus, freezing point　凝固點測定器

Apparatus, hydrogenation　氫化裝置

Apparatus, laboratory　實驗儀器

Apparatus, metabolism　代謝作用裝置

Apparatus, microprojection　顯微投影器

Apparatus, projecting　幻燈裝置，映畫裝置

Apparatus, shaking　搖動器

Apparatus, soldering　焊接器

Apparatus, stirring　攪動裝置

Apparatus, titration　滴定裝置

Apparatus, toxin filter　濾毒氣

Apparatus, transference　（離子）電輸器

Apparatus, transport　（離子）電輸器

Apparatus, Vicat needle　Vicat 針式檢驗器

Apparatus for bacteria, counting　細菌計數器

Appliance　用具

Apron　圍裙

Apron, laboratory　實驗圍裙

Apron conveyor　裙式運輸器

Apron feeder　裙式給料器

Arc furnace　電弧爐

Arc lamp　弧光燈

Arch, caloar　熔（玻）爐

Ardometer　光測高溫計

Areometer　浮計

Areosaccharimeter　糖浮計

Areopycnometer　稠液比重計

Argentometer　銀鹽浮計

Arm, balance　天秤臂

Armature　電樞，銜鐵

Armored thermometer　帶套溫度計

Arnold sterilizer　Arnold 殺菌器

Arsenic tube　砷試管

Asbestos board　石綿板

Asbestos center gauze　石綿心網

Asbestos pad　石綿墊

Asbeatos paper　石綿紙

Asbestos wire gauze　石綿（襯）網

Aspirator　吸氣器

Assay balance　試金天平

Astatic galvanometer　無定向電流計

Atmometer　汽化計

Atmospheric drum drier　大氣鼓形乾
燥器

Atomic model　原子模型

Atomizer　噴霧器

Attachment　附件

Auger　螺旋鑽

Auger, soil　土壤採樣鑽

Auger machine　螺旋造磚機

Autoclave　殺菌釜

Automatic burette　自給滴定管

Automatic dissolver　自動溶解器

Automatic drill　自動鑽

Automatic pipette　自給吸量管

Automatic shaking feeder　自搖給料器

Auxiliary absorber　補助吸收器

Auxiliary air pump　補助空氣唧筒

Axial angle apparatus　（結晶）測角器

Azotometer　（比色）氮量計

Ⓑ

Babcock flask　Babcock 乳油瓶

Back-pressure valve　逆壓活門

Bacting pump　初步抽器唧筒

Bacteria counting apparatus　細菌計
數器

Bacteria filter　濾菌器

Bacteria grinder　磨菌器

Baffle　折流板

Baffle plate　折流板

Baffled evaporator　折流蒸發器

Bag, filter　濾袋

Bag filter　袋濾器

Bain-marie　水浴

Baking oven　烘焙箱

Balance　天平，秤

Balance, analytical　分析天平

Balance, assay　試金天平

Balance, chain　鏈碼天平

Balance, chemical　化學天平

Balance, counter　托盤天平

Balance, counterpoised　配重天平

Balance, dial　刻度盤天平

Balance, gravity　比重秤

Balance, hydrostatic　比重秤

Balance, lever　槓桿天平

Balance, platform　台秤

Balance, prescription　藥劑天平

Balance, solution　溶液天平

Balance, specific gravity　比重秤

Balance, spring　彈簧秤

Balance, table　托盤天平

Balance, torsion　扭秤

Balance, trip　托盤天平

Balance, triple beam　三樑秤

Balance, Westphal　Westphal 比重秤

Balance arm　天秤臂

Balance magnifier　天平放大鏡

Balance pan　天平盤

Balance rest　天平座

Ball　球

Ball, rubber (suction)　橡皮（吸氣）球

Ball and ring apparatus　球環軟點測
　定器

Ball mill　球磨機

Ballistic galvanometer　衝擊電流計

Balloon filter　球形瓶，氣形瓶

Balloon, ultrafiltering　超濾圓瓶

Balloon filter　圓濾瓶

Balloon flask　球形燒瓶

Band　帶

Band conveyor　寬帶式運輸器

Band knife splitting machine　帶刀剖
　皮機

Band tubing　軟橡皮管

Bar　棒，條

Barker　去皮機

Barker, knife　刀式去皮機

Barkometer　鞣液浮計

Barograph　氣壓紀錄器

Barometer　氣壓計

Barometer, aneroid　無液氣壓計

Barometer, bulb　球管氣壓計

Barometer, cistern　槽式氣壓計

Barometer, self-recording　自記氣壓計

Barometer, vessel　球管氣壓計

Barometric condenser　噴射冷凝氣

Baroscope　驗壓氣

Barothermograph　氣壓溫度計

Barrel　桶

Bases, microscope　顯微鏡座

Basin　盆，皿

Basket　籃

Basket, centrifuge　離心機籃

Basket, straining　粗濾籃

Basket electrode　籃形電極

Basket filter　籃式濾器

Basket type evaporator　籃式蒸發器

Batch drier　分批乾燥器

Batch still　分批蒸餾器

Bath　浴

Bath, air　空氣浴

Bath, combination water　聯合水浴

Bath constant temperature　恆溫水浴

Bath, degumming　去膠浴

Bath, developing　顯影浴

Bath, dyer's　染浴

Bath, electroplating　電鍍浴

Bath, fixing　定影浴

Bath, mercury　汞浴

Bath, metal　金屬浴

Bath, negative　底片感光浴

Bath, oil　油浴

Bath, plating　鍍浴

Bath, sand　砂浴

Bath, steam　蒸汽浴

Bath, water　水浴

Battery　電池組

Battery, buffer　緩衝電池組

Battery, diffusion　浸提器電池組

Battery, dry　乾電池組

Battery, extraction　萃取器組

Battery, galvanic　蓄電池組

Battery, lead storage　鉛蓄電池

Battery, plunge　浸液電池

Battery, primary　原電池組

Battery, storage　蓄電池組

Battery, voltaic　（伏打）蓄電池

Battery, water bath　水浴組

Battery charger　（蓄電池）灌電器

Battery tester　蓄電池檢驗器

Bead　珠

Bead, glass　玻璃珠

Besk　圓口燈

Besker　燒杯

Besker, conical　錐形燒杯

Besker clamp　燒杯夾

Beam, balance　天平樑

Bearing　軸承

Beater　打漿機

Beating engine　打漿機

Beckmann thermometer　Beckmann 溫度計

Bed　墊，床

Beehive　集氣夾

Beehive oven　蜂巢（煉焦）爐

Bell　鈴，鐘

Bell, alarm　警鈴

Bell glass　玻璃鐘罩

Bell jar　鐘罩

Belling saccharimeter　Belling 糖量計

Bellow　風箱

Bellow, disk　盤式風箱

Bellow, foot　足踏風箱

Bellow, hand　手風箱

Belt　帶

Belt conveyor　帶式運輸機

Belt grinder　帶式磨機

Bend　曲管

Benedict cot chamber　Benedict 閉路呼吸室

Berkefeld filter　Berkefeld（素燒）濾筒

Bessemer converter　Bessemer 轉化器

Beyliss turbidimeter　Beyliss 濁度機

Bicolorimeter　雙色比色計

Binding post　接線柱

Binding screw　接線螺旋

Binocular eyepiece　雙目鏡

Binocular magnifier　雙目放大鏡

Binocular microscope　雙筒顯微鏡

Bipolar electrode　雙性電池

Birectifier　雙精餾器

Biscuit klin　坏窯

Black ash furnace　黑灰爐

Black pot　煉硫釜

Blake bottle　Blake 培養瓶

Blast, water　水流鼓風器

Blast blower　鼓風器

Blast burner　噴燈

Blast fan　（鼓）風扇

Blast furnace　鼓風爐

Blast lamp　噴燈

Blast pump　打氣唧筒

Blast smelting furnace　鼓風熔爐

Bleacher　漂白器

Bleacher, globe rotary　球形螺旋漂白器

Bleacher, high density　高密度漂白器

Bleaching kier　漂白鍋

Bleaching machine　漂白機

Blind roaster　閉式烤爐

Block　架，台

Block, comparator　比色座

Block, regulating　調節裝置

Blood capsule　抽血管

Blood coagulometer　血液膠凝計

Blood collector　集血器

Blood gas apparatus　血內氣體檢驗器

Blood sugar tube　血糖試管

Blow case　吹氣（揚酸）箱

Blow-off　吹卸器

Blow-off pipe　噴出管

Blow-out switch　放氣開關

Blow-pipe　吹管

Blow-pipe, oxyhydrogen　氫氧吹管

Blow valve　送風活門

Blower　鼓風器，風箱

Blower, air　鼓風機

Blower, blast　鼓風器

Blower, cycloidal　擺旋吹氣機

Blower, foot　足踏風箱

Blower, portable　輕便鼓風器

Blower, pressure　壓力鼓風器

Blowing engine　鼓風機

Blowing fan　送風扇

Board　板

Board, asbestos　石綿板

Board, drain　滴乾板

Board, dripping　滴乾板

Board, dropping　滴乾板

Board, switch　控制板，開關板

Boat　舟皿

Boat, combustion　燃燒舟皿

Bobbin, soaked　浸捲機，浸糖桶

Boiler　氣鍋，鍋爐

Boiler, fire tube　火管鍋爐

Boiler, multitubular　多火管鍋爐

Boiler, tubular　火管鍋爐

Boiler, tubulous　水管汽鍋

Boiler furnace　（汽）鍋爐

Boiler plate　汽鍋熱板

Boiler scaling tool　除鍋垢器

Boiling point apparatus　沸點測定器

Bolometer　（電阻）測輻射熱計

Bolt　繫燈

Bolting cloth　篩布

Bomb　彈

Bomb, calorimetric　卡計彈

Bomb, sulphur　定硫彈計

Bomb calorimeter　彈卡計

Bomb furnace　封管爐

Booster　爆管

Borer　穿孔器

Borer cork　（木塞）穿孔器

Bottle　瓶

Bottle, Blake　培養瓶

Bottle, culture　培養瓶

Bottle, density　密度瓶

Bottle, dilution　稀釋瓶

Bottle, dropping　滴瓶

Bottle, glass-stopped　玻（璃）塞瓶

Bottle, graduated　刻度瓶

Bottle, leveling　水準瓶

Bottle, narrow-mouth　細口瓶

Bottle, narrow-necked　細頸瓶

Bottle, pressure　耐壓瓶

Bottle, reagent　試劑瓶

Bottle, show　陳列瓶

Bottle, specific gravity　比重瓶

Bottle, specimen　標本瓶

Bottle, suction　吸濾瓶

Bottle, Thermos　保溫瓶

Bottle, two-neck　雙頸瓶

Bottle, wash　洗瓶

Bottle, weighing　稱瓶

Bottle, wide-mouth　廣口瓶

Bottle, wide-necked　廣頸瓶

Bottle rest　瓶架

Bottom, false　假底

Bottom, perforated　多孔底

Bottom heat pan　底熱鍋

Bowl, steeping　浸漬

box　箱，匣

box, catch　截液器

Box, Dobereiner match　發火器

Box, ice　冰箱

Box, resistance　電阻箱

Box, sluice　聚金箱

Box, stuffing　密器匣，填塞閘

Box filter　箱式濾器

Brake　止動機，止動器

Branch pipe　枝管

Branch tube　枝管

Braun sample grinder　樣品研磨機

Breaker　碎裂機

Breaker, circuit　斷路器

Breaker, current　斷流器

Breaker, gyratory　偏旋碎裂機

Breaker, jaw　顎式碎裂機

Breaking kettle　釀造鍋

Bridge　橋

Bridge, fire　爐橋

Bridge, flame　爐橋

Bridge, half meter　半米電橋

Bridge, Kelvin　電阻橋

Bridge, measuring　量電阻橋

Bridge, slide wire　電（阻）橋

Bridge, resistance　滑線電橋

Bridge clamp　橋式夾

Bruiser　搗碎機

Brush　刷

Brush, camel's hair　駝毛刷

Brush, flask　燒瓶刷

Brush, test tube　試管刷

Brushing machine　刷光機

Bubble cap　（蒸餾）泡罩

Bubble cap column　泡罩（蒸餾）柱

Bubble counter　計泡器

Bubble gauge　氣泡指示器

Bubble plate tower　氣泡多層（蒸餾）塔

Bubble tower　氣泡（蒸餾）塔

Bubbling absorber　氣泡吸收器

Buchner funnel　漏斗

Buck mortar　推式研缽

Bucket conveyor　斗式運輸器

Bucket elevator　斗式升降機

Bucket, turn　螺旋扣

Buffer battery　緩衝電池組

Buhrstone mill　石磨機

Bulb　球管

Bulb, leveling　水準球管

Bulb, mercury　汞球管

Bulb, nitrogen　定氮球管

Bulb, barometer　球管氣壓計

Bunker, coal　煤倉

Bunsen burner　本生燈

Bunsen cell　電池，本生電池

Bunsen valve　活門

Bunte apparatus　氣體分析器

Buret＝Burette　滴定管，量管

Burette, automatic　自動滴定管

Burette, calibrating　校準用滴定管

Burette, certified　檢定滴定管

Burette, gas　氣體量管

Burette, normal　標準滴定管

Burette, paired　配對滴定管

Burette, weighing　稱量滴定管

Burette, weight　稱量滴定管

Burette, zerc　自滿滴定管

Burette clamp　滴定管夾

Burette flost　滴定管浮標

Burette holder　滴定管夾

Burette stand　滴定管架

Burette support　滴定管架

Burner　燈，燈頭，爐

Burner, acetylene　乙炔燈

Burner, alcohol　酒精燈

Burner, alcohol blast　酒精噴燈

Burner, blast　噴燈

Burner, Bunsen　本生燈

Burner, butterfly　蝶形燈頭

Burner, compressed air　打氣燈

Burner, gas　煤氣燈

Burner, incandescent　自熾燈

Burner, microgas　微焰煤氣燈

Burner, microsafety　微焰安全燈

Burner, monochromatic　單色燈

Burner, pilot light　引火燈

Burner, quadruple　四頭燈

Burner, radial　輻形燈

Burner, ring　環焰燈

Burner, rose　花形燈頭

Burner, smoking　發菸燈

Burner, spectrum　光譜燈

Burner, spiral　旋管燈頭

Burner guard　護焰障

Butterfly burner　蝶形燈頭

Button weights　試金法碼

Butyrometer　乳油計

Butyrorefractometer　乳油折射計

C

Cabinet　櫥

Cabinet, proofin　（烘麵）試驗櫥

Cabinet, drier　廂式乾燥器，乾燥室

Cable　纜，線

Cable, feeder　電力幹線

Cage oil press　籠式榨油機

Calcar　熔（玻）爐

Calcar arch　熔（玻）爐

Calcarone　煉硫窯

Calcimeter　碳酸計

Calcinatory　假燒器

Calciner　假燒爐

Calcium chloride tube　氯化鈣管

Calibrated pipette　校準吸量管

Calibrating apparatus　校準用器

Calibrating burete　校準用滴定管

Calibrating pipette　校準用吸量管

Calibrator　校準器

Calipers　雙腳規，測徑器

Calomel electrode　甘汞（標準）電極

Calorimeter　熱量計，卡計

Calorimeter, adiabatic　絕熱卡計

Calorimeter, bomb　彈卡計

Calorimeter, continuous　續流卡計

Calorimeter, gas　煤氣卡計

Calorimeter, ice　冰卡計

Calorimeter, oxygen bomb　氧彈卡計

Calorimeter, respiration　呼吸卡計

Calorimeter, superheating　過熱卡計

Calorimeter, throttling　節流卡計

Calorimeter, water　水卡計

Calorimetric bomb　卡計彈

Caloriscope　實式呼吸放熱器

Calorizator　熱法浸提器

Camel's hair brush　駝毛刷

Camera　照相機

Camera, color tube　比色管暗箱

Camera, microphotographic　顯微照
　　相機

Camera, microscope　顯微照相機

Camera, spectrographic　光譜照相機

Canble, filtering　濾用空燭

Canister　罐，濾毒罐

Cap　蓋，帽

Cap, bubble　（蒸餾）罩泡

Cap, detonating　起爆管，雷管

Cap, fulminating　雷帽

Cap stopper　帽塞

Capillarimeter　毛細管測液器

Capillary　毛細管

Capillary tube　毛細管

Capillary tubing　毛細管

Capillator　毛細管比色計

Capsule　小皿，小蓋皿，膠袋

Capsule, blood　抽血管

Carbacidometer　大氣碳酸計

Carbometer　空氣碳酸計

Carbom comparison tube　定碳比色管

Carbonating tower　碳酸化塔

Carbonator　碳酸化器

Carbonizing plant　碳化裝置

Carbonometer　血液碳酸計

Carborundum paper　（金剛）砂紙

Carburetter　燃氣配料器

Carburettor　配氣機

Carr oven　真空烘箱

Carrier, centrifuge trunnion　離心管套座

Carrier, culture dish　培養皿提籃

Carrier, rider　游碼鉤

Carrier, trunnion　（離心）管套座

Cartridge　筒

Cartridge, gas　蓄氣筒

Cascade　階式蒸發器

Case　箱，盒

Case, blow　吹氣（揚酸）箱

Case, first-aid　急救（藥）箱

Casing　套

Cask　桶

Cask, powder　炸藥桶

Casserole　杓器

Catch box　截液器

Catchall　截液器

Catcher　受器

Catcher, salt　受晶器

Catelectrode　陰極

Caterpillar tractor　帶輪車

Cathode　陰極

Cathode, propulsive　氫氣推液陰極

Causticizing tank　苛性化屯

Cell　電池，（小）池

Cell, Bunsen　電池，本生電池

Cell, concentration　濃差電池

Cell, conductivity　導電池

Cell, constant　恆壓電池

Cell, countercurrent　（酸鹼）對流電池

Cell, counting　計數池

Cell, cupron　氧化銅電池

Cell, diaphragm　隔膜電池

Cell, diffusion　（糖）滲濾池

Cell, double fluid　兩液電池

Cell, dry　乾電池

Cell, Edison　Edison 電池

Cell, electrolytic　電解池

Cell, filter diaphragm　濾膜電池

Cell, fuel　燃料電池

Cell, gas　氣極電池

Cell, gravity　重力電池

Cell, half element　半電池

Cell, ionization　電離（測定）池

Cell, irreversible　不可逆電池

Cell, normal　標準電池

Cell, one-fluid　單液電池

Cell, osmotic　滲透池

Cell, oxidation reduction　氧化還原
　　電池

Cell, photoelectric　光電池

Cell, polarization　極化電池

Cell, porous　素燒筒

Cell, primary　原電池

Cell, reversible　可逆電池

Cell, sample　樣品液管

Cell, secondary　蓄電池

Cell, standard　標準電池

Cell, tank　屯式電池

Cell, transference　電輸池

Cell, two-fluid　兩液電池

Cell, voltaic　伏打電池

Cell, wet　濕電池

Collar　地窖

Celsius thermometer　百分溫度計

Centigrade thermometer　攝氏溫度計

Centrifugal extractor　離心萃取器

Centrifugal filter　離心濾器

Centrifugal machine　離心機

Centrifugal pump　離心唧筒

Centrifugal roll mill　離心滾磨

Centrifugal scrubber　離心滌氣機

Centrifugal separator　離心離析器

Centrifugal spray　離心噴霧塔

Centrifugal stirrer　離心攪動器

Centrifuge　離心機

Centrifuge, desk　離心機台

Centrifuge, discontinuous　間歇離心機

Centrifuge, hand　手搖離心機

Centrifuge, melting and fusing　熔化
　　離心機

Centrifuge, under-driven　底動離心
　　機

Centrifuge basket　離心機籃

Centrifuge head　離心機轉頭

Centrifuge shield　離心管套

Centrifuge speed indicator　離心機示
　　速器

Centrifuge trunnion carrier　離心機
　　套座

Centrifuge tube　離心機管

Certified burette　檢定滴定管

Certified pipette　檢定吸量管

Certified volumetric flask　檢定量瓶

Certified weights　檢定法碼

Chain balance　鏈碼天平

Chain conveyor　鏈式運輸器

Chainomatic balance　鏈碼天平

Chamber, Benedict cot　Benetiet 閉路
　　呼吸室

Chamber, contact　接觸室

Chamber, cot　閉路呼吸室

Chamber, dust　除塵室

Chamber, lead　鉛室

Chamber, settling　沉積箱

Chamber, drier　分室乾燥器

Changer, current　換流器

Char filter　木炭濾器

Charger　灌電器

Charger, battery　（蓄電池）灌電器

Chart, color　比色圖表

Chaser　輪輾機

Chaser mill　滾輾機

Check bridge　爐橋

Check valve　單向活門

Chemical balance　化學天平

Chest　櫃，箱

Chest, drying　乾燥箱

Chest, stuff　紙料櫃

Chilean mill　智利滾輾機

Chimney　煙囪，燈罩

Chimney filter　濾管

Chimney stack　煙囪

Chip machine　削片機

Chisel　鑿

Chlorinator　加濾殺菌器

Chlorometer　（尿）氯量計

Chopper　切碎機

Chopper, ice　碎冰機

Chronometer　比色計

Chromophotometer　比色計

Chromosaccharometer　糖量比色計

Chromoscope　驗色器

Chronometer　時計器

Chronoscope　瞬時計

Churn　攪乳器

Chute　斜槽

Chute, spiral　螺旋斜槽

Chute, hopper　斜鉤漏斗

Circuit breaker　斷路器

Circuit closer　接電器

Circular lamp　圓焰燈

Circular saw　圓鋸

Circular shelf drive　圓架乾燥器

Circulating pump　循環式唧筒

Circulatory stove　循環爐

Circulation scouring machine　循環
　洗滌機

Cistern　槽

Cistern barometer　槽式氣壓計

Clamp　夾

Clamp, adjustable　調節夾

Clamp, beaker　燒杯夾

Clamp, bridge　橋式夾

Clamp, burette　滴定管夾

Clamp, cut-off　斷流夾

Clamp, parallel-jawed　平行咬夾

Clamp, pinch-cock　節流夾

Clamp, right angle　直交夾

Clamp, screw　螺旋夾

Clamp, screw com-pressor　螺旋壓管夾

Clamp, slow motion　慢動夾

Clamp, spring　彈簧夾

Clamp, Stone's tension　張力夾

Clamp, T　T形夾

Clamp, tubulation　管狀夾

Clamp, universal　廣用夾

Clamp, wire connection　接線夾

Clamp, fastener　定夾器

Clamp, holder　持夾器

Clamp, screw　夾螺旋

Clarifier　澄清器

Classifier　分粒器

Classifier, double cone　雙錐分粒器

Clay filter flask　素燒濾瓶

Clay kneading machine　捏泥機

Clay vessel　陶皿

Cleaner　除垢器

Cleaner, spraying　噴洗器

Clip　夾，紙夾

Clip connector　（電極）夾連器

Clipper　檢取器

Close roaster　閉式烤爐

Closed circuit cell　長流電池

Closer, circuit　接電器

Closet, cold　冷藏箱

Cloth, bolting　篩布

Cloth, emery　剛紗布

Coagulation time apparatus　（血液）膠凝快慢計

Coagulator　膠凝器

Coagulometer　凝血計

Coagulometer, blood　血液膠凝計

Coal bunker　煤倉

Coat, laboratory　實驗外衣

Coater　塗料器

Cobalt glass　鈷玻片

Cock　（活）栓

Cock, drip　滴降栓

Cock, gauge　計水栓

Cock, regulator　調節栓

Cock, safety　安全栓

Cock, two-way　二路栓

Cock, valve　活門栓

Coffey still　蒸餾器

Coil　旋管

Coil, induction　感應圈

Coil, primary　主線圈

Coil, refrigerating　冷凝旋管

Coil, resistance　電阻線圈

Coil, secondary　副線圈

Coil condenser　旋管冷凝器

Coke furnace　煤焦爐

Coke oven　煤焦爐

Cold closet　冷藏箱

Cold vat　冷染

Collector　聚集器

Collector, blood　集血器

Collector, dust　聚塵器

Collector, sediment　集澱器

Collector, soot　濾煙器

Collimator　準直儀

Colloid tube　準直管

Colloid mill　膠體模機

Color analyzer　顏色分析器

Color chart　比色圖表

Color fadeometer　退色計

Color filter　濾色器

Color reaction plate　變色反應板

Color standards　比色標準

Color tube camera　比色管暗箱

Colorimeter　比色計

Colorimeter, union　聯合比色計

Colorimeter, wedge　楔形比色計

Colorimetric disc　比色盤

Column　柱

Column, bubble cap　泡罩（蒸餾）柱

Column, distilling　蒸餾柱

Column, fractional　分餾柱

Column, fractionating　分餾柱

Column, Hempel's　（蒸餾）柱

Column, packed　填充柱

Column, perforated plate　（多層）孔板（蒸餾）柱

Column, plate　多層（蒸餾）柱

Column, rectifying　精餾柱

Column, reflux　回流（蒸餾）柱

Column, still　蒸餾柱

Column still　柱餾器

Combination furnace　復式爐

Combination fuse　復式信線

Combination water bath　聯合水浴

Combing machine　輸選機

Combustion bost　燃燒舟皿

Combustion furnace　燃燒爐

Combustion pipette　燃燒球管

Combustion train　燃燒裝置

Combustion tube　燃燒管

Communicating pile　連通管

Commutator　整流器

Commutator, mercury　汞換向器

Commutator rectifier　換向整流器

Compacting machine　擠壓機

Comparator　比值器

Comparator, pH value　pH 比值器

Comparator block　比色座

Comparison prism　比譜稜鏡

Comparison spectro　比譜分光鏡

Compartment drier　分室乾燥器

Compartment incubator　間格培育箱

Compensating ocular　補償目鏡

Compensation apparatus　電位計

Composite cupel　特用灰皿

Compound microscope　復顯微鏡

Compressed air burner　打氣燈

Compressed air drill　氣動鑽

Compressed gas cylinder　壓縮氣筒

Compression engine　壓縮機

Compression pump　壓縮唧筒

Compression testing machine　耐壓強度試驗機

Compressor　壓氣機

Compressor, air　壓氣機

Compressor, filter　濾餅壓榨器

Compressor, gas　壓氣機

Concave grating　凹光柵

Concave slide　凹槽載片

Concentration cell　濃差電池

Concentrator　蒸濃器

Concentric ring　同心環

Condensation pump　濃液唧筒

Condensation tube　冷凝管

Condenser　冷凝管

Condenser, air　空氣冷凝器

Condenser, coil　旋管冷凝器

Condenser, current　容電器

Condenser, dark field　暗場聚光計

Condenser, ejector　噴射冷凝器

Condenser, electric　容電器

Condenser, fractional　區分冷凝器

Condenser, high potential　高壓容電器

Condenser, jet　注水凝氣器

Condenser, partial　部分冷凝器

Condenser, reflux　回流冷凝器

Condenser, smoke　聚菸器

Condenser, surface　間壁冷凝器

Condenser, wet　濕式冷凝管

Condenser, worm　旋管冷凝器

Condensing engine　濃縮器機

Condensing lens　聚光透鏡

Conductivity apparatus　導電測定器

Conductivity cell　導電池

Conductometer　熱導比較計

Conductor　導體

Conductor, electric　導電體

Conductor, semi　半導體

Conduct　導管

Cone　錐

Cone, fusible　示溫容錐

Cone, measuring　量徑錐

Cone, melting　示溫容錐

Cone, pyrometric　示溫容錐

Conical beaker　錐形燒杯

Conical flask　錐形燒瓶

Conical graduate　錐形量杯

Conical refiner　錐形紙箔精研機

Connecting tube　導管

Connection three-way　三路管

Connector　連接管

Connector, clip　電極夾連器

Connector, hose　軟流接管

Consistency indicator　稠度指示器

Consistency meter　稠度計

Consistency regulator　稠度調節器

Consistometer　稠度計

Constant cell　恆壓電池

Constant temperature bath　恆溫浴

Constant temperature oven　恆溫烘箱

Constant temperature regulator　恆溫
調節器

Constant voltage generator　恆壓發
電機

Contact, mercury　汞電鍵

Contact chamber　接觸室

Contact cup　接電盅

Contact key　接觸電鑰

Container support　集氣瓶架

Continuous current converter　直流換
流器

Continuous current electromotor　直流
電動機

Continuous current generator　直流發
電機

Continuous flow calorimeter　續流卡計

Continuous thickener　連續稠厚計

Contraction pyrometer　收縮高溫計

Control tube　控制管

Control valve　控制活門

Controller　控制器

Conversion system　轉化裝置

Converter　轉化器

Converter, continuous current　直流
換流器

Converter, current　換流器

Converter, direct current　直流換流器

Converter, multiphase　多相換流器

Converter, rotary　旋轉變流機

Convertor　轉化器

Conveyer　運輸器

Conveyor　運輸器

Conveyor, apron　裙式運輸器

Conveyor, band　寬帶式運輸器

Conveyor, belt　帶式運輸器

Conveyor, bucket　斗式運輸器

Conveyor, chain　鏈式運輸器

Conveyor, flight　隔板運輸器

Conveyor, helicoid screw　無縫螺旋
運輸器

Conveyor, pneumatic　氣流運輸器

Conveyor, ribbon　螺條運輸器

Conveyor, scraper　刮板運輸器

Conveyor, screw　螺旋運輸器

Conveyor, shaker　搖動運輸器

Cooker　煮燒器

Cooler　冷卻器

Cooler, double pipe　套管冷卻器

Copper gauze　銅絲網

Copper wire　銅絲

Cord　線

Cork　軟木塞

Cork borer　木塞穿孔器

Cork borer sharpener　穿孔器削鋒刀

Cork boring machine　穿孔機

Cork drill　木塞鑽孔器

Cork extractor　起軟木塞器

Cork gauge　塞徑規

Cork press　壓軟木塞器

Cork presser　壓軟木塞器

Cork puller　起軟木塞器

Cork ring　軟木環

Cork screw　木塞螺旋鑽

Cork stopper　軟木塞

Cot, finger　指套

Cot chamber　閉路呼吸室

Coulombmeter　電量計，庫侖計

Coulometer　電量計

Coulometer, gas　氣體電量計

Coulometer, mercury　汞電量計

Coulometer, silver　銀電量計

Coulometer, titration　滴定電量計

Coulometer, volume　體積電量計

Coulometer, weight　重量電量計

Counter, bubble　計泡器

Counter balance　托盤天平

Countercurrent cell　酸鹼對流電池

Counterflow drier　對流乾燥器

Counterpoised balance　配重天平

Countershaft　轉力

Counting apparatus for bacteria　細菌
　計數器

Counting cell　計數池

Couple, thermoelectric　熱電偶

Coupling　耦合管

Coupling, hose　軟管耦合器

Coupling, reducing　異徑耦合管

Coupling, right and left　左右耦合管

Cover　蓋，套

Cover glass　蓋片玻璃

Cover plate　蓋片

Crabbing machine　熨機

Cracking unit　熱裂裝置

Crane　起重機

Crane, travelling　活動起重機

Creamometer　乳酪計

Crevet　熔壺

Crock　甕

Cross　十字管

Crown　燈帽

Crown top　燈帽

Crucible　坩堝

Crucible, filtering　濾（坩）堝

Crucible, Gooch　Gooch 濾堝

Crucible, Rose　Rose 坩堝

Crucible, ultrafiltering　超濾坩堝

Crucible, unglazed　素燒坩堝

Crucible　disc　濾堝片

Crucible furnace　坩鍋爐

Crucible bolder　坩堝座

Crucible tongs　坩堝鉗

Crusher　壓碎機

Crusher, disc　盤式壓碎機

Crusher, fine　細碎機

Crusher, gyratory　偏旋壓碎機

Crusher, hand　手搖壓碎機

Crusher, jaw　顎式壓碎機

Crusher, pot　罐式壓碎機

Crusher, preliminary　初級壓碎機

Crusher, roll　滾筒壓碎機

Crusher, rotary　旋轉壓碎機

Crusher, simplex　單式壓碎機

Crusher, single roll　單滾筒式壓碎機

Crusher gauge　爆（炸）壓（力）計

Crushing roll　壓碎機

Crutcher　攪和機

Cryometer　低溫計

Cryophorus　凝冰器

Cryoscope　凝固點測定器

Cryptoscope　螢光鏡

Crystal, watch　表玻璃

Crystal model　晶體模型

Crystallizer　結晶器

Crystallizer, vacuum　真空結晶器

Crystallizing dish　結晶皿

Crystallizing evaporator　結晶蒸發器

Crystallographic apparatus　晶體測驗器

Culture bottle　培養瓶

Culture dish　培養皿

Culture dish carrier　培養皿提籃

Culture flask　培養瓶

Cup　杯，盅

Cup, contact　接電盅

Cup, gasoline corrosion test　汽油試蝕杯

Cup, gasoline gumming test　汽油試膠杯

Cup, mercury　汞（接）電盅

Cup, trnnion　凸耳座

Cupboard, fuming　通風櫥

Cupboard, stink　通煙櫥

Cupel　灰皿

Cupel, composite　特用灰皿

Cupelling furnace　灰皿爐

Cupola　圓頂（鼓風）爐

cupola, foundry　鑄造圓頂爐

Cupola (blast) furnace　圓頂（鼓風）爐

Cupron cell　氧化銅電池

Current breaker　斷流器

Current changer　換流器

Current condenser　容電器

Current converter　換流器

Current damper　電流阻尼器

Current detector　檢流器

Current rectifier　整流器

Current regulator　節流器

Currentmeter　沖流速器

Curved adapter　曲應接管

Cushion　墊

Cut-off clamp　斷流夾

Cut-off device　斷流器

Cut-out safety　安全斷流器

Cut-out plug　斷流栓

Cutter　切刀，切斷機

Cutter, glass　截玻璃器

Cutter, ring　環形截管器

Cutter, rock　碎石機

Cutting torch　熔切炬

Cutting wheel　切輪

Cycloidal blower　百旋吹氣機

Cyclone　旋風器

Cyclone dust extractor　旋風除塵器

Cyclone separator　旋風離析器

Cylinder　筒，量筒

Cylinder, compressed gas　壓縮氣筒

Cylinder, gas　蓄氣筒，集氣筒

Cylinder, graduated　量筒

Cylinder, Hehner　Hehner（比色）筒

Cylinder, measuring　量筒

Cylinder, oxygen　儲氧筒

Cylinder, porous filter　素燒濾筒

Cylinder, press　壓榨筒

Cylinder, steel　鋼筒

Cylinder drier　筒式乾燥器

Cylinder machine　筒式製紙機

D

Damper　風閘，氣閘，阻尼器

Damper, current　電流阻尼器

Damper regulator　氣閘調節器

Damper vane　調氣車翼

Damping device　氣制裝置

Damping machine　調濕機

Dandy roll　壓紋

Dark field condenser　暗場聚光器

Dark field illuminator　暗場照燈

Day tank furnace　日屯鎔爐

Daylight lamp　日光燈

Dead plate　障熱板

Dearsenicator　除砷塔

Decalescent outfit　硬化溫度測定器

Decanter　傾析器

Decker　稠料器

Deckle　框

Decolorimeter　脫色計

Defecating pan　澄清盤

Defecator　澄清屯

Deflagrating spoon　燃燒匙

Deflagrator　爆燃器

Deflection separator　折流離析器

Deflector　折轉板

Degumming bath　去膠浴

Dehumidifier　減濕器

Dehydrator　去水器

Delivery tube　導（出）管

Demijohn　（酸）罈

Demonstrating apparatus　示教儀
器，表演儀器

Demulsibility tester　乳化度檢驗器

Densimeter　密度計

Densitometer　密度計

Density bottle　密度瓶

Dephlegmator　精餾器

Depolarizer　消偏（光）鏡

Deposit tank　沉積屯

Depressimeter　凝固點降低計

Desiccator　保乾器

Desiccator, vacuum　真空保乾器

Desk　實驗台

Desk centrifuge　離心機台

Desulphurizing furnace　去硫爐

Detector　檢察器，檢波器

Detector, current　檢流器

Detector, electrification　起電檢察器

Detonating cap　起爆管，雷管

Detonator　起爆管，雷管

Developing bath　顯影浴

Device　裝置，器

Device, cut-off　斷流器

Device, damping　氣制裝置

Device, dumping　卸料裝置

Device, safety　安全裝置

Dewar's bottle　Dewar 瓶

Dewar flask　Dewar（真空）瓶

Dial　刻度盤

Dial balance　刻度盤天平

Dialyzator　滲析器

Dialyzer　滲析器

Dialyzing paper　滲析紙

Dialyzing thimble　滲析殼筒

Diaphanometer　透明度計

Diaphragm, irris　虹彩器

Diaphragm, meniscus sight　（彎）液面觀察屏

Diaphragm cell　隔膜電池

Diaphragm screen　膜篩

Diathermometer　導熱計

Dichroscope　二色鏡

Differential thermometer　差氏溫度計

Differential transformer　差示變壓計

Differential U-tube　（氣壓）表示 U 形管

Differential winder　差示捲紙器

Differention grating　繞射光柵

Dilution bottle　稀釋瓶

Dipper　杓

Dipping electrode　浸液電極

Dipping refractometer　浸液折射計

Disc, colorimetric　比色盤

Disc, filter　濾片

Dish　皿

Dish, crystallizing　結晶皿

Dish, culture　培養皿

Dish, double　雙培養皿

Dish, draining　滴漏皿

Dish, evaporating　蒸發皿

Dish, stender　（生物）染色皿

Dissecting needle　解剖針

Distillator　蒸餾器

Distillatory vessel　蒸餾器

Distillery　蒸餾室，（造）酒廠

Distilling apparatus　蒸餾裝置

Distilling column　蒸餾柱

Distilling flask　蒸餾瓶

Distilling head　蒸餾頭

Double pipette　雙吸量管

Double-walled funnel　雙層漏斗

Drier, loft　乾燥箱

Drill, cork　（木塞）鑽孔器

Drop meter　滴量計

Dropper　滴管

Dropping bottle　滴瓶

Dropping pipette　滴液（吸）量管

Drying chest　乾燥箱

Drying oven　乾燥烘箱

E

Electric elemeter　電池

Electric oven　電烘箱

Electrode　電極

Electrode, mercury dropping　汞滴電極

Evaporator　蒸發器

Exhaust manifold　洩氣多支管

Exhauster　排氣機

Expander, rubber tube　張（橡皮）管器

Experiment table　實驗台

Extinguisher　滅火器

Extraction apparatus　萃取器

Extractor, centrifugal　離心萃取器

Extractor, cork　起（軟木）塞器

Extractor, cyclone dust　旋風除塵器

Eyepiece　目鏡

Eyes protector　護目鏡

F

Face mask　護面具

Fahrenheit thermometer　華氏溫度計

Fan　風扇

File, triangular　三角銼

Filter　濾器，濾機，濾紙

Filter, bacteria　濾菌器

Filter bag　濾袋

Filter paper　濾紙

Filtration stand　濾架，漏斗架

Flask　（燒）瓶

Flask, certified volumetric　檢定量瓶

Flask, conical　錐形（燒）瓶

Flask, culture　培養瓶

Flask, distilling　蒸餾瓶

Flask, iodine number　碘價（燒）瓶

Flask, measuring　量瓶

Foil, platinum　鉑箔，白金箔

Fractional condenser　區分冷凝器

Frame, filtering　濾框

Freezer　致冷器，冷藏箱

Fume hood　通風櫥

Funnel　漏斗

Funnel, Buchner　Buchner 漏斗

Funnel, Gooch　Gooch 漏斗

Funnel, separating　分液漏斗

Funnel, thistle　薊頭漏斗

Funnel, stand　漏斗架

Furnace, crucible　坩堝爐

Fuse wire　保險絲

G

Galvanic battery　伽凡尼蓄電池組

Galvanometer　電流計，檢流計

Gas mask　防毒面具

Gauze, asbestos wire　石綿（襯）網

Glass, cobalt　鈷玻片

Glass, cover　蓋玻片

Glass, magnifying　放大鏡

Glass, object　物鏡

Glass cutter　截玻璃器

Glass rod　玻璃棒

Glass tube　玻璃管

Glassware　玻璃器

Glove　手套

Goggles　眼罩

Graduate　量筒，量杯

Graduate, conical　錐形量杯

Graduated bottle　刻度瓶

Graduated cylinder　量筒

Guide tube　導管

H

Hand centrifuge　手搖型離心機

Hand spectrophotometer　手攜型分
　光光度計

Hemacytometer　血球計

Hemaglobinometer　血紅蛋白計

Hematinometer　血紅素計

Holder, burette　滴定管夾

Holder, crucible　坩堝座

Holder, test tube　試管夾

I

Ice box　冰箱

Incubator　培育箱

Incubator, revolution　轉速計

J

Jacket　套，套管

Jar, filtering　濾缸

Jet　噴嘴

Jet condenser　注水凝氣計

Jet orifice　注射口

Joint　接頭

K

Kelvin bridge Kelvin　電（阻）橋

Kettle, soap　皂化鍋

Knife　刀

Knife, microtome　切片刀

L

Label　標籤

Label, gummed　塗膠標籤

Laboratory　實驗室，試驗所

Laboratory apparatus　實驗儀器

Laboratory apron　實驗圍裙

Laboratory coat　實驗外衣

Lamp, alcohol　酒精燈

Lamp, blask　噴燈

Lamp, daylight　日光燈

Lamp, pilot　指示燈

Lamp, ultraviolet　紫外線燈

Lead storage battery　鉛蓄電池

Litmus paper　石蕊試紙

Lysimeter　溶度計

M

Machine, centrifugal　離心機

Machine, washing　洗滌機

Magnifier, balance　天平放大鏡

Marker, time　計時器

Match　火柴

Measures　量器

Measuring cone　量徑錐

Measuring cylinder　量筒

Medicine dropper　醫用滴管

Meter　公尺，米

Meter, adhesive　黏著計

Meter stick　米尺

Methyl orange paper　甲基橙試紙

Microammeter　微安培計

Microsaccharimeter　驗血糖量計

Microtome　切片機

Microtome knife　切片刀

Mill, drug　藥磨

Mill, grinding　研磨機

Mixer　混合器

Model　模型

(N)

Narrow-mouth bottle　細口瓶

Nebulizer　噴霧器

Needle　針

Needle, dissecting　解剖針

Negative polo　陰極，負極

Normal cell　標準電池

Null instrument　平衡點測定器

(O)

Ocular micrometer　目鏡測微計

Oil extractor　油萃取器

Opener, flask　開瓶器

Osmometer　滲透壓計

Osmoscope　滲透試驗器

Osmotic cell　滲透池

Oven, baking　烘陪箱

Oxygen cylinder　儲氧筒

(P)

Packing machine　包裝機

Painting machine　塗色機

Paired burette　配對滴定管

Pan, balance　天平盤

Pan, vacuum　真空鍋

Paper, asbestos　石綿紙

Paper, carborundum　（金剛）砂紙

Paper, litmus　石蕊試紙

Pasteurizer　殺菌器

pH value comparator　pH 比值器

Pinch-cock　彈簧夾

Pinch-cock, screw　螺旋節流夾

Pipe, communicating　連通管

Pipe, ingress　導入管

Pipet＝Pipette　吸量管，球管

Piston　活塞

Polarimeter　旋（偏）光計

Pole, positive　陽極，正極

Proof mortar　試粉研缽

(R)

Rack, pipette　吸量管架

Rack, test tube　試管架

Reflectoscope　折射檢驗器

Refrigerating coll　冷凝旋管

Regulator, air　空氣調節器

Resistance box　電阻箱

S

Saccharimeter　糖量計

Safety cock　安全栓

Sclerometer　硬度計

Scraper　刮刀

Separating funnel　分液漏斗

Separator, centrifugal　離心離析器

Specimen bottle　標本瓶

Spectrum burner　光譜燈

Spirit lamp　酒精燈

Sponge　海綿

Spoon　匙

Spoon, deflagrating　燃燒匙

Squirt　注射器

Sterilizer　殺菌器，消毒器

Sterilizer, pressure　熱壓殺菌器

Sterule　殺菌液瓶

Stopper, cork　軟木塞

Sublimator　昇華器

T

Temperature regulator　溫度調節器

Test tube　試管

Test tube brush　試管刷

Test tube holder　試管夾

Test tube rack　試管架

Thermometer　溫度計

Thermometer, centigrade　攝氏溫度計，百分溫度計

Thermometer, Fahrenheit　華氏溫度計

Thistle funnel　薊頭漏斗

Time marker　計時器

Towel　抹布

Transformer　變壓器

Tube, blood sugar　血糖試管

Tube, capillary　毛細管

Tube, condensation　冷凝管

Tube, connecting　連接管，導管

Tubule　小導管

Tweezers　鑷子

Ultraviolet lamp　紫外線燈

Ureameter　尿素計

Uricometer　尿酸計

Vacuometer　真空計，低壓計

Vacuum evaporator　真空蒸發器

Vacuum filter　真空濾器

Vacuum flask　真空瓶

Vernier　游標，游標尺

Vessel　容器

W

Wash bottle　洗瓶

Watch glass　表玻璃

Wattmeter　瓦特計

Weights　法碼

Wet cell　濕電池

Wide mouth bottle　廣口瓶

Wire　線，絲

X-ray spectrograph　X 射線強度計

X-ray spectrometer　X 射線分光計

X-ray tube　X 射線管

X-tube　X 形管

Y

Y-tube　Y 形管

Z

Zero burette　自滿滴定管

Zymometer　發酵檢驗器

MEMO /

參考文獻

1. 王有忠(1987)‧食品安全，台北：華香園。

2. 曾道一、賈宜琛(2018)‧食品科學概論（五版），台北：新文京。

3. 林慶文(1983)‧肉品加工學，台北：華香園。

4. 林慶文(1982)‧乳品製造學，台北：華香園。

5. 林慶文(1976)‧蛋之化學及利用，台北：華香園。

6. 張為憲、李敏雄、呂政義、張永和、陳昭雄、孫璐西、陳怡宏、張基郁、
   顏國欽、林志城、林慶文(1995)‧食品化學，台北：華香園。

7. 張鈺騄編譯(1993)‧基礎食品化學，台北：藝軒。

8. 陳淑瑾編著‧食物製備原理與應用。

9. 陳明造‧肉品加工理論與應用，台北：藝軒。

10. 賴滋漢、金安兒(1990)‧食品加工學基礎篇，台中：精華。

11. 賴滋漢、賴業超‧食品科技辭典，台中：富林。

12. 翁家瑞‧食品加工（二版），台北：匯華。

13. 傅祖慧(2002)‧科學論文寫作，台北：藝軒。

14. 丘志威、吳定峰、楊鈞雍、陳炳輝編譯(2002)‧如何撰寫及發表科學論文，
    台北：藝軒。

15. 食品資訊網 http://food.doh.gov.tw.

16. Aurand, L. W., and Woods, A. E. (1973). Food Chemistry. AVI Publishing Co.

17. Belitz, H. D., and Grosch, W. (1987). Food chemistry. New York: Spriger Verlag.

18. Drummond, K. E., and Brefere, L. M. (2002). Nutrition for foodservice and culinary professionals, Fourth edition. John Wiley & Sons, Inc.

19. Elizabeth, L. Laboratory methods for sensory evaluation of food. Canada Department of Agriculture.

20. Skoog, D. A., and Leary, J. J. (1994). Principles of instrumental analysis, Fourth edition. Saunders College Publishing.

21. Margare, M. W. (1985). Food Fundamental. New York: Honghton Miffin Co. Inc. Horace D. Graham: The Safety of Foods. 2nd edition. The AVI Publ. Inc., Westport, Connecticut (1980).

22. Smith, J. (1993). Food additive user's handbook, Jpswich Book Co. Great Britain.

MEMO

國家圖書館出版品預行編目資料

食品科技英文 / 曾道一, 賈宜琛編著. －三版.－
　　新北市：新文京開發, 2018.08
　　面；　公分

　ISBN　978-986-430-433-2（平裝）

　1. 英語　2. 食品科學　3. 讀本

805.18　　　　　　　　　　　　　　107012666

食品科技英文（第三版）　　　　　（書號：B161e3）

編 著 者	曾道一　賈宜琛
出 版 者	新文京開發出版股份有限公司
地　　址	新北市中和區中山路二段 362 號 9 樓
電　　話	(02) 2244-8188（代表號）
Ｆ Ａ Ｘ	(02) 2244-8189
郵　　撥	1958730-2
初　　版	西元 2003 年 05 月 15 日
二　　版	西元 2009 年 02 月 20 日
三　　版	西元 2018 年 08 月 10 日

新文京開發出版股份有限公司

NEW
WCDP　新世紀・新視野・新文京 — 精選教科書・考試用書・專業參考書